Die Frau in der Literatur

Claire Goll, New York 1943

Claire Goll

Der gestohlene Himmel

Roman

Herausgegeben und neu überarbeitet
von Barbara Glauert-Hesse
Mit einem Nachwort
von Anna Rheinsberg

Ullstein Taschenbuch

Die Frau in der Literatur
Lektorat: Hanna Siehr

Ullstein Buch Nr. 30206
Im Verlag Ullstein GmbH,
Frankfurt/M – Berlin
Überarbeitete Neuausgabe

Die französische Erstausgabe erschien 1941/42 unter dem Titel ›Education
Barbare‹ in den Editions de la Maison Française, New York. 1958 wurde das
Buch in der gleichen Fassung unter dem Titel ›Le Ciel Volé‹, vermehrt um das
Kapitel »Le Duel«, in der Librairie Arthème Fayard, Paris, veröffentlicht.
Die deutsche Erstausgabe wurde 1962 unter dem Titel ›Der gestohlene Himmel‹
im Paul List Verlag, München, veröffentlicht.
Die vorliegende deutsche Fassung folgt der französischen Ausgabe von 1941/42.
Gedruckt mit Genehmigung der Fondation Claire et Yvan Goll,
Saint-Dié-des-Vosges, France

Umschlagentwurf: Theodor Bayer-Eynck
unter Verwendung eines Fotos von Claire Goll und ihrem Bruder (um 1898)
Foto: Fa. Freytag & Sohn, Nürnberg, aus dem Besitz der Fondation Goll
Frontispiz: Claire Goll, New York 1943
Foto: Robin Carson, New York, aus dem Besitz der Fondation Goll
Abdruck beider Fotos mit Genehmigung der Fondation Goll
© 1941 by Editions de la Maison Française, New York
© 1958 by Librairie Arthème Fayard, Paris
© 1962 by Paul List Verlag, München
© dieser Ausgabe 1988 by Verlag Ullstein GmbH, Frankfurt/M – Berlin
© Nachwort 1988 by Anna Rheinsberg
Abdruck der Gedichte im Nachwort mit Genehmigung der Fondation Goll
Alle Rechte vorbehalten
Printed in Germany 1988
Gesamtherstellung: Ebner Ulm
ISBN 3 548 30206 8

September 1988
7.–9. Tsd.

CIP-Titelaufnahme
der Deutschen Bibliothek

Goll, Claire:
Der gestohlene Himmel: Roman/Claire Goll. Hrsg. u. neu
überarb. von Barbara Glauert-Hesse. Mit e. Nachw. von Anna Rheinsberg. –
Überarb. Neuausg., 7.–9. Tsd. – Frankfurt/M; Berlin: Ullstein, 1988
(Ullstein-Buch; 30206: Die Frau in der Literatur)
Einheitssacht.: Education barbare <dt.>
ISBN 3-548-30206-8
NE: GT

Dem Andenken der wunderbarsten Deutschen gewidmet,
der ich je begegnet bin,
meiner Lehrerin:
Frau Dr. Julie Reisinger-Kerschensteiner,
ohne deren Hilfe
ich nie aus der Hölle meiner Jugend
den Weg ins Leben gefunden hätte

Claire Goll, 1961

Inhalt

Der Milchzahn	9
Das Geheimnis	19
Morgengrauen	22
Knall	34
Die Matthäus-Passion	40
Herakles	44
Die Feuerprobe	48
Die Freundin	53
Unschuldige Liebe	58
Die vergiftete Taube	62
Mutter Schick	68
Der eiserne Ritter	73
Großmutters Geburtstag	79
Strafaufgaben	86
Militärmusik	91
Freude zu leiden	95
Begegnung mit Gott	97
Der Märchenprinz	103
Oliver Twist	108
Fasching	112
Hochzeitsgeschenke	119
Die Pietà von Quinten Massys	124
Ferien	130
Das Duell	142
Der Brandstifter	150
Der Zauberspiegel	154

Seifenblasen 159
Muttermörderin 164
Justs Tod 175
Anmerkung 185

Barbara Glauert-Hesse: Zur Edition 186
Anna Rheinsberg: Nachwort 193

Der Milchzahn

Eine meiner frühesten Erinnerungen reicht in mein sechstes Lebensjahr zurück. Seit einigen Tagen erlaubte man mir, allein von der Schule heimzugehen. Mehrere Tage lang hatte meine Mutter mit mir zusammen die Zeit wie mit der Stoppuhr gemessen, die der Rückweg benötigte. Im Eilschritt natürlich, mich hinter sich herziehend. »Sechseinhalb Minuten«, stellte sie fest.

Das hieß: Von nun an mußte ich diesen Zeitrekord alle Tage, unter allen Umständen, ob Schneesturm oder Föhn, einhalten. Wie ein in die Enge getriebenes Reh, das Herz von Angst gepeitscht, rannte ich nach Schulschluß zum Ausgang. Nahm mir nicht einmal die Zeit, den Schulranzen zuzuschnallen oder meinen Mantel zuzuknöpfen. Kaum wagte ich es, zu den anderen kleinen Mädchen hinüberzuschielen, die so viel schwätzen und ihren Schulweg so einrichten durften, wie sie wollten. Jedes Gespräch mit ihnen war mir strengstens verboten. Das Herz klopfte mir bis zum Hals, während ich den Bürgersteig entlangrannte. Ich stieß Passanten an, die es weniger eilig hatten als ich in dieser großen, von grauen und strengen Mietshäusern gesäumten Straße, einer Straße ohne Hoffnung.

Um den Weg abzukürzen, hatte ich ihn in Gedanken in mehrere Abschnitte eingeteilt. Das machte ihn erträglicher. Auf halbem Wege befand sich der Fleischerladen von Uhde, königlicher Hoflieferant. Das Schaufenster schmückte eine aus Schweineschmalz bestehende Büste unseres vor vielen

Jahren tragisch ums Leben gekommenen Königs Ludwig II. Je älter sein Tod, desto jünger seine Legende. Überall hing der billige, bunte Öldruck dieses vergötterten Herrschers mit dem romantisch festgeklebten Scheitel. Wenn wir im Sommer aufs Land fuhren, sah ich sein Bild, von Wachsblumen umrahmt, in den Bauernstuben hängen. Unsere Köchin Oranie schwärmte von ihm. Ansichtspostkarten aller seiner Schlösser schmückten ihre Kammer. »Sie sehen aus, als wären sie von einem Zuckerbäcker gemacht, Riri«, sagte sie. »Und zur Nacht fuhr er, von Schwänen gezogen, auf seinem See umher.«

Ich hatte Oranie gefragt, ob er vielleicht ein Verwandter von Lohengrin sei. Da Mama in alle Opern von Richard Wagner ging, wußte ich ein wenig Bescheid. Oranie erwiderte, sie kenne den Inhaber eines Sportgeschäfts in der Sendlinger Straße, Herrn Lohengrün, aber sie glaube nicht, daß in den Adern dieses Geschäftsmannes königliches Blut fließe. Ihre Tante Schick jedenfalls verneinte das ganz energisch. Sie war es auch, die mir erzählt hatte, daß der König für seine unerreichbare Liebe, die Kaiserin Elisabeth, eine Roseninsel aus dem Starnberger See hatte hervorzaubern lassen. Deshalb hatte man ihn als geisteskrank erklärt und in Schloß Berg eingesperrt. Die Gitterstäbe der Fenster sollen aus echtem Gold und die Fenster selbst aus Diamanten gewesen sein. Sie waren unzerbrechlich. Aber mit Hilfe eines als Stallknecht verkleideten Engels gelang es dem König zu entkommen und sich in das – sich im Wasser spiegelnde – Schloß zu flüchten. Und wenn er auch ertrunken sei, so lebe er doch noch heute, beendete Mutter Schick, Oranies Tante, ihre Erzählung. Jedesmal, wenn ich an der Schweineschmalzbüste vorbeikam, sah ich in Gedanken die zerfließende, überlebensgroße Gestalt des Königs im langen, endlosen Purpurmantel durch die Gemächer von Schloß Berg wandeln.

Wie gern wäre auch ich in die Wellen eines Sees gesprungen!

Ein wenig weiter auf meinem Schulweg thronte Ludwig II. in der Auslage der Konditorei Götz – auch noch immer königliche Hoflieferanten, obgleich wir längst keinen König mehr hatten. Für mich war diese Eisimitation das schönste Kunstwerk der Welt. Da sie das Lieblingsdessert aller guten Patrioten der Stadt war, konnte man sie in allerlei Geschmacksrichtungen bestellen: in Vanille, Mokka oder Erdbeer.

Von der Schankwirtschaft Michaelis, in der sich die betrunkenen Gäste gewöhnlich sonnabends oder sonntags mit Messern zerfleischten, hatte ich noch zwei Minuten bis zum Elternhaus.

»Bum« schlug die Turmuhr der St.-Anna-Kirche ganz in der Nähe. Ich hatte noch nicht einmal die Schweineschmalzbüste erreicht! Mein Körper zitterte im Schock. Vier Uhr fünfzehn! Mein Blut erstarrte vor Schreck. Ich hatte Leibschmerzen. Schon wieder zu spät! Denn meine Mutter hatte, als sie die Schulwegzeit bemaß, den Zufall nicht mitgerechnet. Man konnte zum Beispiel seine Mütze in der Garderobe nicht finden. Oder man blieb stehen, verführt vom Geruch einer Klassenkameradin. Und während man wie ein junger Hund den Duft einzog, verging eine Minute. Und siehe da, sie lächelte.

Kinder tauschen Lächeln aus wie Visitenkarten. So entstehen die Freundschaften. Eine kleine Gefährtin, eine Verbündete gegen alle jene, die schon länger als sechs Jahre auf der Welt sind und die ihre ersten Träume schon verleugnet haben.

Und bot die Straße selbst nicht unaufhörlich ein neues Schauspiel? Ein Pferd stürzt, eine außergewöhnliche Wolke zieht vorbei. Ein Hund schiebt einem seinen Kopf unter die Hand. Darf man ein Wesen, das um Liebe bettelt, beleidigen und ungestreichelt fortschicken? Ein blinder Leierkastenmann berauscht einen mit seinem sentimentalen Lied. Das Kind bleibt stehen, verspätet sich, vergißt sein Ziel ... kurz, es gab mildernde Umstände für drei Minuten Verzögerung.

Freilich nicht bei Mama. Dreimal schon war ich von ihr mit der Rute in der Hand empfangen worden. Überglücklich, meine Verspätung beweisen zu können, hatte sie versucht, mir den Begriff der Zeit mit allen Kräften einzuprägen. Am nächsten Morgen machten es mir die blauen und grünen Flecken auf meinem Körper unmöglich, still auf der Schulbank zu sitzen. Mein Bruder Justus fütterte seine Hosen mit einer Watteschicht. Das werde ich auch machen müssen.

An jenem Tag litt ich so sehr, daß ich unaufhörlich auf der Schulbank hin und her rutschte, um eine erträgliche Position zu finden. Die Lehrerin rügte mich.

»Willst du wohl still sitzen, Clarisse!«

Wie sollte ich ihr mein Martyrium erklären? Die ganze Klasse würde vor Lachen platzen. Welche Demütigung! Am Ende des Unterrichts rief mich die Lehrerin zu sich:

»Mein Kind, du mußt lernen, dich zu beherrschen. Du kennst die Vorschrift: sich gerade und steif halten wie ein Zinnsoldat. Verstanden?«

»Ja, Fräulein.«

Mir wurde schwindlig vor Angst, denn während dieser Zurechtweisung floh die Zeit. Drei Minuten Verspätung. Ich rannte auf die Straße. Schweißgebadet, fiebrig, schwankend stürmte ich die Treppe unseres Hauses hinauf. Schon auf dem Treppenabsatz packte mich eine Hand, so schrecklich wie ein Raubvogel, zog mich hinein in den Flur und stieß mich in den Salon. Der große, scharf geschliffene Rubin glänzte an der erhobenen Faust meiner Mutter.

Ich verschränkte meine Arme über meinem Gesicht wie zwei winzige Dolche: eine allen geprügelten Kindern eigene Geste zur Abwehr. Stoisch biß ich die Lippen zusammen, denn es war verboten zu schreien. Eine immer roter werdende Wolke hüllte mich ein. Ich brach auf dem dicken, mit Rosen bedeckten Smyrnateppich zusammen. Die gewebten Rosen waren plötzlich über und über mit Dornen besteckt. Ich krallte mich in der Wolle fest. Brombeersträucher zerkratzten meine nackten Knie. Korallenriffe zerkratzten mich.

Schwere Granatäpfel fielen mir auf den Kopf und zerplatzten. Ihr rotes Fleisch bespritzte mich, lief mir die Wangen herunter, in meinen Mund. Ich versuchte, die Kerne auszuspucken, zu verschlucken und sie wieder auszuspucken. Der fade, ätzende Geschmack rief Übelkeit hervor. Blutrote Orchideen mit unheimlichen Formen umschlangen mich. Flammende Schmetterlinge, die ich im Sommer in den Bergen bewundert hatte, setzten sich auf meine geschlossenen Augenlider. Und von weit her, wie durch dichten, purpurnen Nebel, drang die zornigrote Stimme meiner Mutter:

»Willst du mich wohl ansehen, du kleine Pest, und mir sagen, warum du wieder drei Minuten zu spät gekommen bist?«

»I...i...ich...«

Unmöglich, ein Wort hervorzubringen. Eine dickliche, leicht zuckrige Flüssigkeit füllte meinen Mund. Ein Fels drückte auf meine Zunge und hinderte mich am Sprechen.

»O das abscheuliche Kind! Da beschmutzt es mir meinen schönen Teppich! Glücklicherweise sieht man das Blut nicht auf dem roten Grund. Da schau her, du Fratz, was für Flecken du mir machst!«

Gehorsam versuchte ich, die Augen zu öffnen, aber ich war fast blind. In meinem Kopf tobte ein Wirbelsturm, mein Gehirn war wie ein Brei. Das Blut schoß aus meiner Nase.

»Willst du wohl endlich dein Taschentuch herausziehen!« schrie meine Mutter, »vorwärts, marsch ins Badezimmer! Und wehe dir, wenn du das Parkett im Flur besudelst! Und nachher sofort ins Bett, ohne Abendessen! Das ist deine Strafe! Hinaus!«

Ich schleppte mich ins Badezimmer und hielt den Kopf über das Waschbecken. Jetzt erst wagte ich es, den Mund zu öffnen und das gestaute Blut auszuspucken. Und was mir als Fels erschienen war, war einer meiner Milchzähne.

Das kalte Wasser erfrischte meine heiße Stirn. Die roten Wahnvorstellungen ließen nach. Und schließlich hörte auch die Blutung auf. Betäubt sah ich die letzten Tropfen hinunterrollen. Dann, als ich den Kopf hob und mich im Spiegel betrachtete, fuhr ich entsetzt zurück. Ich kannte mein Gesicht gut. Manchmal hatte ich aus Neugier oder aus instinktiver Koketterie mein Spiegelbild gesehen. Aber diese neue groteske Maske, die mich jetzt ansah, das war nicht ich. Wer aber war im Spiegel? Welcher Clown, welche Karnevalsmaske betrachtete mich? Ich betastete mein rotes Haar. Ich schrie laut auf.

»Clarisse, bist du das wirklich?«

Die geschwollenen Lippen des Spiegelbildes zeichneten meinen Namen nach, wie wenn ein Stein, der senkrecht in einen Teich geworfen wird, seine Kreise zieht. Ja, der Mund mir gegenüber warf mir ein stummes Echo zurück: Clarisse!

Nein, nein, mit dieser Vogelscheuche wollte ich nichts gemeinsam haben, mit diesem schwarz umränderten Auge, der verquollenen und mit Blut verkrusteten Nase, der zerrissenen, dicken Lippe, den von Tränen aufgedunsenen Augen, über die völlig zerzauste rote Haarsträhnen hingen.

Ich stieß einen Schrei aus, der mir selbst angst machte. Zitternd, auf Zehenspitzen ging ich zur Tür und horchte: niemand im Flur. Vorsichtig verbarg ich mein Gesicht wie eine zerquetschte Frucht in meinem Taschentuch und schlich mich zur Küchentür. Oranie, unsere Köchin, war meine einzige Freundin.

»O-ra-nie, O-ra-nie, mein Gesicht ist weg!«

»Herr Jesus! Mein Herzchen! Was hat dir diese Hexe wieder angetan?«

»Ich, ich weiß nicht. Du sollst nicht so von Mama sprechen!« Ich ging noch nicht lange genug in die Schule, um zwischen meinem Leben und dem anderer Kinder vergleichen zu können. Bis jetzt hatte ich immer geglaubt, ein Kind sei nur dazu auf der Welt, um von seinen Eltern geprügelt zu werden.

Oranie spähte zur Tür hinaus.

»Morgen wird man nicht mehr so viel davon sehen, mein Vögelchen. Lauf schnell in dein Zimmer, denn wenn sie dich bei mir findet, fängt sie wieder von vorn an. Du weißt doch: strengstens verboten, in die Küche zu gehen. Sie hat zu große Angst, daß ich den Nachbarn etwas erzählen könnte.«

Kurz darauf lag ich in meinem Bett, gerade wie ein Zinnsoldat, die Hände stramm an die Schenkel gepreßt, in der vorschriftsmäßigen Haltung.

Ein paar Augenblicke später sank ich in tiefen Schlaf, obgleich es erst fünf Uhr nachmittags war. Der Kummer hatte mich völlig erschöpft.

Ich träumte von einer Apfeltorte, die so groß war wie unser Haus. Mein Bett und meine Kissen waren aus Schlagsahne. Man ißt gut im Traum, sogar zuviel. Denn gegen Mitternacht weckten mich eine schreckliche Übelkeit und rasende Kopfschmerzen auf. Unfähig, die Augen zu öffnen, tastete ich mich wie eine Blinde zum Toiletteneimer. Er gehörte zu einer luxuriösen Waschgarnitur aus feinem, goldgerändertem, mit Wasserrosen geschmücktem Porzellan. Es war mir strengstens verboten, diese Garnitur zu benutzen. Ich erbrach meinen Traum, meinen Kummer, meine sechs Jahre. Und als gar nichts mehr in mir war, bekam ich Hunger, einen wahren Bärenhunger.

Wie oft, wenn ich ohne Essen zu Bett geschickt wurde, weckte der Hunger mich mitten in der Nacht. Und zum Hunger gesellte sich die Angst. Die Angst nährte sich vom Hunger. Je stärker mein Bedürfnis nach einem Stückchen Brot wurde, desto größer wurde meine Angst. Schrecken des Kindes, das sich allein weiß in der riesigen kalten Nacht. Angst vor dem vielen Schwarz, Angst des Vorabends, Angst vor dem nächsten Morgen, Angst vor neuen Tränen. Angst, daß Papa sterben könnte, er, der wiederum Angst vor Mama hatte. Angst vor einer Feuersbrunst, Angst vor Einbrechern.

Und in dieser Nacht hatte ich Angst vor der Lücke, die der herausgeschlagene Milchzahn in meinem Kiefer gebildet hatte. Angst, Angst. Vor den feindlichen weißen Möbeln, die nur zur Dekoration in meinem Zimmer herumstanden. Es war verboten, sich auf einen Stuhl zu setzen. Angst vor

Geräusch und Angst vor der Stille. Angst vor der Wirklichkeit und der Unwirklichkeit. Angst vor dem, was die Großen das Leben nennen. Diese unheimliche Angst, die mich nie wieder verlassen würde, zerrte an mir. Sie zehrte mich auf wie eine böse, ansteckende Krankheit, deren Viren täglich zunahmen. Sie war soviel größer als ich, größer als das Zimmer, größer als die Zeit, diese Zeit, die zur Nacht um meine Kindheit erstarrte und sie mit der Ewigkeit von Jahrhunderten zu belasten schien.

Und ich konnte niemanden rufen. Es war verboten, nachts zu rufen, wie es verboten war, krank zu werden. Krankheiten gab es nur in der Einbildung, behauptete Mama. Und trotzdem, wie manche Nacht ohne Liebe, ohne Brot, habe ich es gewagt, trotz der Gefahr, nichts als Prügel zu bekommen, zu rufen, zu schreien, zu brüllen. Ich war zu allein. Was tat es schon, geprügelt zu werden, wenn man sich nur um mich kümmerte. Zum physischen Hunger gesellte sich der Hunger nach Zärtlichkeit, der Durst nach einem guten Wort, wie man es selbst einem räudigen Hund hinwirft. Alles in mir lechzte nach zwei Armen, die mich an sich ziehen und streicheln würden.

Ich schrie auf und war entsetzt über meinen Schrei. Es war ein Schrei der Empörung gegen die unerbittliche Starrheit, den mitleidlosen Drill dieses Hauses. Ich zitterte vor Kälte. Bis unter die Bettdecke, unter der ich zu einem kleinen Bündel zusammengekauert lag, verfolgte mich die Furcht vor Strafe. Wir Kinder waren so gut darauf dressiert, uns totzustellen, daß die geringste Äußerung unserer Persönlichkeit uns wie eine unverschämte Forderung vorkam.

Oh, ich konnte so lange schreien, wie ich wollte! Wer sollte mich wohl hören? Neben meinem Zimmer befand sich der kleine finstere Salon, ganz aus Ebenholz. Die Kommoden waren mit den abscheulichsten Nippessachen im Stil des ausgehenden neunzehnten Jahrhunderts beladen. Unter den Baumwollschonern der Couch und der Sessel sahen die Plüschquasten hervor, die das Stubenmädchen Erna jeden

Morgen um sechs Uhr fünfzehn auszubürsten hatte, nachdem sie den Staub von Möbeln und Nippes gewischt hatte. Die Brokatvorhänge waren immer hermetisch zugezogen und schlossen Licht und Luft, Frühling und Sommer, alles Lebendige und Wirkliche, aus. Das Meer selbst lag gebändigt in Form einer großen Muschel auf der Spiegelkonsole. Wie oft habe ich dieses geheimnisvolle Gewächs des Meeres, »Ohr der Venus« genannt, an mein Ohr gehalten, um, ohne es bewußt zu wissen, aus dem Kerker meiner Kindheit in die Urtiefen des Ozeans zu flüchten.

Ja, ich konnte ruhig schreien. Niemand würde mich hören. Ich begrub mein Gesicht unter den Kissen, drehte einen Knebel aus einem Zipfel des Bettuchs und drückte ihn mir in den Mund, um meine Schreie zu ersticken. Ich schämte mich meiner Schwäche und meiner Hilflosigkeit. Zwar war ich erst sechs Jahre alt, aber ich ahnte dunkel, daß mir Unrecht geschah. Mein Bett war bald so durchnäßt von meinen Tränen, daß ich mich unaufhörlich drehen mußte, um ein trockenes Plätzchen zu finden. Jetzt schrie ich nicht mehr, ich heulte. Schließlich, am Ende meiner Kräfte, stammelte ich: »Gott, Gott...«

Jetzt konnte ich ihn ohne Furcht vor Strafe anrufen, denn es war uns strengstens verboten zu beten. Justus sagte: »Mama hat Angst, wir könnten sie beim lieben Gott verklagen.«

»Lieber guter Gott!« Ich rang die Hände so wild unter der Bettdecke, daß sie krachten. »Bitte, bitte hilf mir, komm zu mir, wenn ich auch nicht in den Religionsunterricht gehe wie die anderen Mädchen, weil Mama sagt, daß wir Freidenker sind. Oranie sagte mir oft, du wärest allmächtig. Wenn das wahr ist, so hilf mir doch! Clarisse hat solchen Kummer, solchen Kummer...«

Ich hielt plötzlich inne. In einem der umliegenden Gärten hatte eine Amsel begonnen, ihr Morgenlied, ihr Morgengebet zu singen. Ein Wunder. Sie sang aus Leibeskräften, und sofort fühlte ich mich nicht mehr allein. Kleiner Vogel, der sich für die Morgendämmerung bedankte, obwohl er der

Nacht mit allen Gefahren ausgesetzt war, den Eulen und den Katzen. Er kannte kein Mitleid mit sich, er, der winzige Held, soviel stolzer als ich. Gehetzt am Tage und bei Nacht, von Kindern und von anderen Tieren, sang er dennoch, sang er immer. Dieser Gedanke tröstete mich, stärkte mich.

Das Geheimnis

Eines Nachts, gegen vier Uhr, weckte mich ein leises Geräusch. Es kam aus dem kleinen Salon neben meinem Zimmer. Zuerst dachte ich, die große Meermuschel auf der Ebenholzkonsole habe zu rauschen begonnen. Aber dann sah ich einen Lichtstrahl unter der Tür. Er machte das Dunkel um mich leichter, weniger feindlich. Zwitschern von Seide, Murmeln von Taft, Knistern von elektrisch geladenen Rüschen, was für eine Nachtmusik!

»Mama...« Meine Lippen formten instinktiv dieses Wort. In der ganzen Welt, auf allen Breitengraden, rufen weiße, gelbe oder schwarze Kinder nach ihren Müttern, wenn die Nacht zu schwer auf ihnen lastet. Und schon eilen die Mütter an ihre Betten. Sie beugen sich über die Kleinen, und ihre Augen sind wie das gütige, ewige Licht, brennend vor Liebe. Warum hatte ich nicht das Recht zu rufen? Warum? Weil Mama in dieser späten Stunde von einem geheimnisvollen Ort zurückkam. Ich wußte wohl, daß es ein Geheimnis gab, denn wenn Papa auch nur die geringste Anspielung auf Mamas nächtliche Ausgänge machte, verfiel diese in jähe Zornesausbrüche. Oh, sich nur nicht rühren... Nur nicht zeigen, daß ich mitgehört hatte, daß ich mich an dieses kleine Geräusch klammerte, daß meine Einsamkeit aufbrach.

Unbeweglich lag ich da, und meine Fantasie malte mir in den seltsamsten Farben das Abenteuer aus, von dem Mama zurückkam. Welches Rätsel bargen wohl das weißgepuderte

Gesicht, der rotgeschminkte Mund, der federnde Gang, wenn sie uns am Abend fast liebenswürdig und schon völlig abwesend »gute Nacht« sagte? In jenen Augenblicken war sie schön. Ihre Züge hatten all das verloren, was uns sonst so erschreckte. Ja, einen Augenblick vergaßen wir das Entsetzen, das sie uns sonst einflößte. Freilich, dieser sie umhüllende Charme war nicht uns bestimmt. Er war uns vielmehr geraubt, das ahnte ich in kindlicher Eifersucht! Zu jener Zeit gehörte mein kleines Herz noch Mama. Ich trug ihr die Schläge nicht nach. Bis ein Kind sein Unglück erfaßt, bedarf es der Zeit und vieler Vergleiche mit anderen, bevorzugten Kindern.

Oh, wie brennend wünschte ich mir, Mama lieben zu dürfen.

Sehnsüchtig wartete ich damals auf den Augenblick, da sie den kleinen Salon verlassen und in ihr Schlafzimmer gehen würde. Diese tagsüber so gewalttätige Frau bewegte sich nachts mit äußerster Sanftmut und berührte die Gegenstände mit der Vorsicht einer Diebin.

Schließlich war alles still. Ich schlich zur Tür, öffnete sie langsam. Tastend ging ich auf das Parfüm zu, das dem über den Lehnstuhl gebreiteten Kleid von Mama entströmte. Am nächsten Morgen mußte das Stubenmädchen diese Garderobe mit einem rosa oder himmelblauen Schonbezug versehen und im Schrank in der Ankleidekammer aufbewahren. Das ganze Zimmer war von Mamas Duft erfüllt, von einem narkotischen, heißen, tierischen Duft. Ich tauchte mein Gesicht in die unzähligen Spitzenvolants des Unterrocks. Benommen zog ich wie ein junger Hund den Wohlgeruch ein. Der Geruchssinn spielt eine große Rolle in Zu- und Abneigungen.

Zigarettenrauch, Straßenstaub, Körpersäfte, Schweiß, verschütteter Champagner, alles das bildete in dieser Mischung ein unerforschliches Geheimnis. Ich war trunken, verzückt. Die Musik der Seide, die noch von Mamas Körper elektrisch geladen zu sein schien, erregte mich. Ich steckte den Stoff in den Mund und saugte daran wie ein Kind an der Mutterbrust. Unter den Liebkosungen meiner Finger gab der Taft wie ein seidenes Instrument eine Reihe von Tönen von sich. Wie, wenn ich das Unterkleid mit ins Bett nähme...? Fast alle Kinder haben das Bedürfnis, beim Einschlafen irgendeinen geliebten Gegenstand an sich zu drücken. Sie haben zur Nacht einen großen Liebesdurst, während ihr Organismus, der magische Sitz so vieler Verwandlungen, reift, während Herz und Glieder sich dehnen und wachsen. Wie soll man diese große Anstrengung aushalten, ohne ein Wesen neben sich zu haben, das über einen wacht oder mit einem schläft, und wäre es auch nur ein Hündchen aus Plüsch oder ein kleiner zottiger Teddybär?

Ich nahm das kostbare Unterkleid an mich, um mit ihm schlafen zu gehen. Ich küßte es, drückte es an mein Gesicht. Es war uns strengstens verboten, ein Spielzeug mit ins Bett zu nehmen. So stahl ich mir für eine Nacht ein winziges Stückchen Illusion: die seidene Haut meiner Mutter.

Es war eine symbolische Geste, in sie zurückzuflüchten, in jenen Körper, der mich vor sechs Jahren getragen und in die Welt ausgestoßen hatte.

Morgengrauen

Sechs Uhr dreißig. Muß man schon wieder ins Leben zurück? Muß man die Augen öffnen? Ich friere, sobald ich sie öffne. Mein Zimmer mit den lackierten weißen Möbeln gleicht einem Eisschrank.

Ist jemand eingetreten? Ich habe irgendwo gelesen, daß man sich totstellen müsse, um den Angriffen eines wilden Tieres zu entgehen. So halte ich furchtsam den Atem an und stelle mich tot, als könne mir diese List helfen, Mamas Krallen zu entgehen.

Ah, Erna, das Stubenmädchen. Mit fieberrotem Gesicht stürzt sie herein.

»Schnell, schnell, Riri, es ist schon sechs Uhr siebenunddreißig.« Mamas Zeitplan zufolge muß mein Zimmer um Punkt sieben Uhr aufgeräumt sein.

»Vorwärts, steh auf!« Ich versuche, mir Mut zu machen. Bin ich nicht diesen Sommer kühn in einen eisigen Alpensee gesprungen, um Mama herauszufordern, um ihr zu zeigen, wie tapfer ich sei? Ja, ich wäre gewiß stark, wenn ein ungerechtes Gesetz Kinder nicht unter das Joch der Liebe oder des Hasses ihrer Eltern zwänge.

Wird Justus das Aufstehen auch so schwer? Ich werde ihn heute abend danach fragen. Schnell springe ich aus den Federn und rolle mich einen Augenblick lang wie ein junger Hund auf dem Bettvorleger herum. Wie kalt ist es doch in diesem Raum! Niemals wird er geheizt. Eisblumen haben sich an den Fenstern gebildet. Ich betrachte sie entzückt, sind es doch die einzigen Blumen, die das ganze Jahr über unsere Wohnung schmücken. Schnittblumen und Topfpflanzen sind daraus verbannt. Lebewesen, die Wasser benötigen! Unausdenkbar! Ein Wassertropfen könnte beim Begießen auf den Parkettboden fallen! Um nicht bei Mamas regelmäßigen Haussuchungen überführt zu werden, finde ich deshalb auch für die wilden Blumen und das Unkraut, das ich manchmal heimlich ins Haus schmuggle, die unwahrscheinlichsten Verstecke. Aber dieses Mal fühle ich mich überglücklich. Während ich schlief, hat der Rauhreif ganze Beete voll Eisblumen das Fenster entlangranken lassen. Welch ein kostbares Geschenk! Und wie vergänglich! Wenn ich von der Schule heimkommen werde, wird dieser Garten einer Nacht verschwunden sein. Erna überrascht mich träumend vor dem Gebinde aus Gänseblümchen und weißen Anemonen. Sie ruft mich zur Ordnung.

Erna, eine siebzehnjährige Waise, war Mama von deren Vorgesetzten anvertraut worden mit der ausdrücklichen Bitte, sie streng zu behandeln.

Dieses arme, verängstigte, nervöse Mädchen wurde von Mama ständig mit einer furchtbaren Waffe eingeschüchtert: der Drohung, sie zu entlassen. Mindestens einmal am Tag schrie Mama: »Ich werfe Sie hinaus!« Und Erna, jedesmal Opfer dieser List, bettelte, Mama möge sie behalten. Mit dieser Methode hatte Mama sie zur Leibeigenen gemacht und genoß das boshafte Vergnügen, sie mit hundert kleinen Schikanen zu erniedrigen. Erna war über und über mit blauen Flecken bedeckt. Die Unglückliche, die entfernte Verwandte sich früher gegenseitig zugeschickt hatten, um sich anschließend ihrer wieder zu entledigen, wußte nicht, daß es auf der Welt so etwas wie Güte, Menschlichkeit und Gerechtigkeit gab. In Waisenhäusern war sie halb verhungert und fand es wunderbar, sich endlich bei uns satt essen zu können.

Wenn Mama sie schlug, warf Erna sich vor ihr auf die Knie und bedeckte Füße und Hände ihrer Peinigerin mit sklavischen Küssen. In einem seltsamen Zustand leidenschaftlicher und wohl sexueller Erregung, unfähig, den blitzezuckenden Blick Mamas auszuhalten, senkte sie starr den Kopf wie eine Büßerin in Ekstase, selbst wenn sie sich nicht das geringste vorzuwerfen hatte. Und welchen Fehler hätte sie auch begehen können? Ihre Angst und ihr Übereifer waren so groß, daß sie um fünf Uhr früh aufstand, eine halbe Stunde früher, als Mama befohlen hatte. Oranie unterwarf sich nur widerwillig diesem Befehl. Hier waren die Rollen umgekehrt. Sie war es, die unaufhörlich kündigte, die aber jedesmal ihre »Entlassung« um meinetwillen zurücknahm.

Und bei uns gab es genug zu tun! Die Zeit, die die Bürgerinnen zwischen den beiden Kriegen 1871 und 1914 an Massage und Schönheitspflege vergeudeten, wandten die Müßiggängerinnen zu Beginn des 20. Jahrhunderts an Putzen und Scheuern ihrer Heime und an die Abrichtung von Handlangern für diese Übungen.

In unserem Hause zog es unaufhörlich, denn in irgendeiner Ecke der Wohnung ging, bei geöffneten Fenstern, immer ein gründliches Reinemachen vor sich. Vor der Tür des betreffenden Zimmers standen alle Möbel, lagen die zusammengerollten Teppiche, ganz wie bei einem Umzug. Imaginäre Spinnengewebe wurden aus den Sofakissen und Stuhlbezügen ausgeschüttelt. Der Parkettboden wurde mit Stahlspänen abgezogen. Das Silberzeug wurde abgerieben, bis es glänzte. Die großen abscheulichen Messingplatten warfen wieder ihre aufdringlichen Strahlen ins Zimmer. Sie übertrumpften mit ihrem falschen Schein die alten edlen Zinnkrüge und Zinnteller. Man hatte wirklich täglich das Gefühl, mitten in einem Umzug zu stecken. Denn wenn nicht irgendein Metall geputzt wurde, klopfte und bürstete man die dicken Vorhänge. Natürlich wurden danach zahlreiche Fenster geputzt und die zarten Vorhänge aus Schweizer Stickerei gewaschen. Die Fenster nackt, die Wände leer, wie sollte man je das Gefühl haben, »zuhause«

zu sein? Selbst Papa wagte es kaum aufzutreten, aus Furcht, die unnachahmliche Pracht der Parkettböden zu trüben.

Wir Kinder konnten uns auf Erna nicht verlassen. Am Abend verklatschte sie uns bei Mama, um sich bei ihr einzuschmeicheln, und am anderen Morgen wurde sie vorübergehend unsere Komplizin, um sich zu rächen für eine neue Niedertracht ihrer Herrin.

Denn jeden Morgen, wenn Mama die Inspektion der Wohnung vornahm, spielte sich dieselbe Szene ab: Mamas mächtige Altstimme: »Erna! Erna!« Das R rollte durch die Wohnung. Vom Ende des langen Flurs schallte das Echo zurück, dergestalt, daß Mama wie eine Zauberin an zwei Orten gleichzeitig zu sein schien.

»Wieder ein Fleck auf dem Parkettboden, du Faulenzerin!«

»Gnädige Frau, ich habe heute morgen alle Flecken entfernt.«

Ein schriller Schrei. Erna hielt sich die Wange.

Wo nur mochten sie hergekommen sein, dieser Wassertropfen oder dieser verflixte Faden auf dem grünen Filz von Papas Schreibtisch?

Erna hätte es nie gewagt, Mama solcher heimtückischer Attentate anzuklagen.

Während Erna mein Zimmer aufräumte, schlich ich mich hinaus, den endlosen Flur entlang. Mein steifgestärktes, bis zu den Knöcheln reichendes Nachthemd stand wie ein Turm aus Pappe um mich ab. An manchen Stellen ächzten die Dielen des eisigen Badezimmers unter meinen Kinderschritten. Mit nackten Füßen, die Pantoffeln in der Hand, wich ich diesen ächzenden Dielen vorsichtig aus. Aber ach, an manchem Morgen war all meine Vorsicht vergeblich. Plötzlich tönte aus dem Nebenzimmer, dem Schlafzimmer meiner Eltern, die gefürchtete Stimme:

»Wer von euch beiden macht diesen Lärm? Wer hat es gewagt, mich zu wecken?«

Ich war unfähig, auch nur den geringsten Laut hervorzubringen. Denn Mama sprach nicht, sie schrie nicht, ihre Stimme dröhnte wie die Trompete von Jericho. Mein Herz mußte einen Riß bekommen haben, ganz wie jenes Weinglas in dem Augenblick zersprang, als Mama es schreiend an die Lippen setzte. Noch heute bricht etwas in meiner Brust entzwei wie jenes Glas, wenn ich überlaute Stimmen höre.

O weh, ich hatte zu lange mit der Antwort gezögert. Schon stürzte Mama ins Badezimmer und verabreichte mir eine schallende Ohrfeige.

Sofort verlor ich das bißchen Mut, das ich für die »Folterkammer«, wie Justus das Eßzimmer getauft hatte, aufgehoben hatte. Hier würde sich in kurzer Zeit die Frühstückszeremonie abspielen. Mochte ich mich auch noch so klein machen bei Tisch, noch so unscheinbar, mich noch schweigsamer verhalten als mein Schatten, Mama würde mich doch entdecken. Ihre Nerven waren besonders am Morgen nach dem zu kurzen Schlaf, den ihr Nachtleben ihr ließ, elektrisch geladen.

Die bürgerlichen Frühstückstische, an denen die Familien die schwarze Messe des Kaffees zelebrieren, gleichen sich mehr oder weniger alle.

Justus und ich, wir warten stehend neben unseren Stühlen. Justs Augen sind große Veilchen, manchmal gezuckert wie die vom Konditor, manchmal fiebrig wie jene in den Luxusgärten, manchmal wild und keusch wie die in den Frühlingswäldern.

Aber es gibt Tage, an denen diese Veilchen verwelkt und glanzlos sind, ähnlich jenen, die man in Pflanzensammlungen gepreßt hat. Riesig sind sie, diese Veilchenaugen im abgezehrten Gesicht des Knaben. Justus ist sehr groß für sein Alter, aber er ist nur Haut und Knochen, ein Kinderskelett.

»Juju, wird es dir auch so schwer wie mir, morgens aufzustehen?«

»Wenn du glaubst, daß es ein Vergnügen ist, in dieser Kaserne aufzuwachen! Aber bald, Schwesterlein, bald werde ich mich retten!«

In seinen Augen träumt etwas. Etwas wie Glück verschönt einen Augenblick lang sein unglückliches Gesicht.

»Wohin willst du denn gehen, Juju?«

Er zuckt die Achseln und sieht mich zärtlich an, während er ausweichend antwortet:

»Ein Geheimnis! Du verstehst das noch nicht, Schwesterlein!«

»Du nimmst mich doch mit, sag? Wir werden im Wald leben wie Hänsel und Gretel.«

»Dorthin, wohin ich gehe, nimmt man keine kleinen Mädchen mit.«

Ich muß ihn schmerzlich angesehen haben, denn er streichelt mir die Wange:

»Sei nicht traurig. Ich werde dir eine schöne Geschichte erzählen: Es waren einmal ein Brüderchen und ein Schwesterchen, die hatten sich sehr lieb. Aber sie hatten eine böse Stiefmutter.«

»Wir haben doch keine Stiefmutter.«

»Wenn du mich unterbrichst, hör ich auf. Es handelt sich nicht um uns, sondern um ein anderes Brüderchen und ein anderes Schwesterchen. Also, Brüderchen sagte: ›Unsere Stiefmutter schlägt uns alle Tage, und wenn wir sie um etwas bitten, gibt sie uns Fußtritte. Komm, laß uns in die weite Welt wandern. Vielleicht nehmen uns Fremde auf...‹ Und er nimmt sein Schwesterchen bei der Hand und führt es durch den langen Tag, durch Wälder und Wiesen. Wenn es regnet, deckt er es mit seinem Mantel zu und sagt: ›Die Engel weinen über uns.‹ Am Abend schmiegen sie sich in eine Baumgabelung oder drücken sich in ein Heubündel und schlafen eng umschlungen. Am anderen Morgen weckt sie die Sonne mit ihren goldenen Händen auf. Sie haben Durst, und Brüderchen ruft: ›Wir müssen etwas zu trinken finden!‹ Sie machen sich auf den Weg. Nachdem sie lange gewandert sind, entdecken sie eine Quelle, deren Wasser süß auf den Steinen singt. Brüderchen beugt sich vor, um seinen Durst zu stillen. Aber Schwesterchen hört die Quelle murmeln:

›Wer von meinem Wasser trinkt, wird in einen Tiger verwandelt!‹

›Halt ein, Brüderchen!‹ schreit das Schwesterchen. ›Trink nicht, denn sonst wirst du in einen Tiger verwandelt und wirst mich fressen!‹

Brüderchen hält sich trotz seines quälenden Durstes zurück.

Als sie zu einer zweiten Quelle kommen, hört Schwesterchen eine andere Stimme, noch schrecklicher als die erste:

›Wer von meinem Wasser trinkt, wird in einen Wolf verwandelt!‹

›Nein, nein, Brüderchen, trink nicht! Denn sonst wirst du ein Wolf und zerreißt mich!‹

Wieder beherrscht Brüderchen sich.

An der dritten Quelle singt das Wasser: ›Wer von mir trinkt, wird zur Nachtigall!‹

›O Brüderchen, trink nicht, sonst fliegst du mir als Nachtigall davon!‹

Aber Brüderchen hatte einen so trockenen Mund, er konnte nicht länger warten. Er warf sich auf die Erde und trank in langen Zügen. Aber er stand nicht mehr auf; er verschwand im hohen Gras, und an seiner Stelle flog ein grauer Vogel auf. Die böse Zauberin-Mutter hatte alle Wasser verwünscht.

Schwesterchen, im wilden Gebüsch verloren, begann zu weinen und zu laufen, und oben in den Zweigen der Bäume folgte ihm der Vogel und sang herzzerreißend.«

Justus unterbrach sich: »Nun, das ist jetzt kein Grund, auch in Tränen auszubrechen, Riri ... wenn du so sensibel bist, erzähl ich dir nichts mehr ... Es ist doch nur ein Märchen!«

Er preßte mir die Hand auf den Mund:

»Sei still! Dummerchen, du wirst uns verraten ... sie wird gleich kommen und uns verhören ...«

Und wirklich, wie im Märchen betrat Mama in diesem Augenblick das Zimmer.

»Aha, sicher seid ihr dabei, schlecht über eure Mutter zu reden, weil ihr in ein solches Gelächter ausgebrochen seid. Ich lese es in euren Augen.«

»Aber ganz und gar nicht, Mama«, beteuert Justus.

»Nein? Also dann habt ihr euch gestritten. Wer von euch beiden hat angefangen?«

»Ich«, sagte Justus herausfordernd.

Mama wickelt ihre rechte Hand um eine Strähne von Justs seidigen Haaren, greift mit der anderen in meine Locken und stößt unsere Köpfe gegeneinander. Es kracht. Funken sprühen vor meinen Augen; das Zimmer dreht sich wie ein Karussell, dessen Holztiere Tiger, Wölfe und riesige Nachtigallen sind.

»Auf eure Plätze!«

Papa ist eingetreten. Wie gewöhnlich bemerkt er nichts. Seine blaßblauen Augen sind kurzsichtig, was die Moral dieses Hauses betrifft. Er will es sich nicht eingestehen, daß seine Frau ihn oft mit haßerfülltem Blick streift, noch daß sie ihn indirekt ermorden will, indem sie ihre Kinder prügelt. Er weiß nur zu gut, daß eine diesbezügliche Anspielung sofort mit der immer wiederkehrenden Phrase zurückgewiesen werden würde:

»Wer sein Kind lieb hat, züchtigt es.«

Der Morgenkuß von Papa riecht nach Rasierseife und Kosmetikwasser, mit dem sein kleiner englischer Schnurrbart und seine in der Mitte tadellos gescheitelten Haare durchtränkt sind.

Es herrscht wie immer die Stille vor dem Sturm. Eine Stille, durchbrochen von Mamas Taftschlafrock, von dem Klirren des silbernen Löffels, mit dem Papa seinen Kaffee umrührt, und dem Knistern der »Neuesten Nachrichten«, die er in der anderen Hand hält. Wenn ein Eisenbahnunglück tags zuvor passierte und viele Menschenleben forderte, tropfen Honig- oder Himbeermarmeladentränen von seinem Butterbrot auf das Damasttischtuch. Dann erhebt sich schrilles Jammergeschrei. Oh, nicht wegen der Unfallopfer, sondern wegen der Flecken auf der Damasttischdecke.

Brot verschiedenster Sorten, täglich vom »königlichen Hoflieferanten« ins Haus gebracht, liegt in der silbernen Schale: weißes französisches Brot, schwarzes Kommißbrot der königlichen Kasernen, Pumpernickel, Grahambrot für die Gesundheit, Hörnchen, Eierwecken und Mohnzöpfe. Leider ist dieser Luxus nur Farce. Uns Kindern wird nur eine dünne Scheibe Hausbrot mit einem dünnen Strich Butter zugemessen und ein einziges Stück Zucker für eine Tasse Kaffee.

Wie in allen Bürgerhäusern, in denen auf großem Fuß gelebt wurde, waren Butter und Zucker heilig. Der Rahm der Milch blieb ausschließlich für Mama reserviert; wir warfen jeden Morgen einen begehrlichen Blick darauf. Solche Einschränkungen stimulierten die Begierden der Kinder und waren oft der Grund, daß sie zum Diebstahl verleitet wurden.

Zu dem Verbot, an gewisse Nahrungsmittel des Frühstücks zu rühren, gesellte sich noch das Unbehagen über die pedantische Anordnung des Frühstückstisches, auf dem die Platte mit Papas Schinken, Teller und Tassen, silberne Zuckerschälchen und Salzfäßchen in einem streng geometrisch abgezirkelten Abstand voneinander standen, der niemals verändert werden durfte.

»Was für ein trübes Schicksal«, seufzte Mama, »einen Mann neben sich zu haben, der immer in seine Zeitung vertieft ist.«

»Freilich«, gibt Papa bitter zurück, »ich bin nicht Tristan!«

Er legte seine Brille ab.

»Wann bist du heute nacht nach Hause gekommen?«

»Ich weiß es nicht... Wenn man aus einer Wagneroper kommt, verliert man den Begriff der Zeit... Tristan war überwältigend...«

»Die Oper war vor Mitternacht beendet.«

»Und wenn schon?... Was willst du damit sagen?...
Die Seele badet im Mysterium... Wem würde es da einfallen, auf die Uhr zu sehen...«

Papa hüstelt und wagt es nicht, zur Offensive überzugehen. Er fürchtet die alles zerschmetternde Explosion, die gewöhnlich seinem ehelichen Verhör nachfolgt, sobald er an diesen gefährlichen Punkt rührt. Also zieht er sich zurück. Die starke und die schwache Seele dieser Ehe standen immer in krassem Gegensatz zueinander und wagten nie den offenen Kampf. Papa war sensibel, aber ein guter Großkaufmann. Mama hingegen war herzlos, aber sie hatte geistige Bestrebungen. Das verlieh ihr eine Art billigen Glorienschein. Sie gab vor, Papas armselige irdische Geschäfte zu verachten, dank derer sie alle ihre Kunst- und Luxusbedürfnisse zu befriedigen vermochte. Immer fühlte sie sich unverstanden und gab vor, sie könne nur die reine Luft »geistiger Gipfel« atmen. Diese Höhenluft, dieses außergewöhnliche Klima fand sie in mondänen Gesellschaften oder in der Oper.

Sie hatte es meisterhaft verstanden, ihren Mann zu benebeln und ihm einzureden, er sei nicht imstande, an ihren künstlerischen Genüssen teilzunehmen. Besonders seit jenem Abend, als er einen ganzen Akt des Parzival, in tiefstem Schlaf versunken, überhört hatte und zum Gespött einiger anderer Familien geworden war, mit denen sie gesellschaftlichen Kontakt pflegten. Durch diesen Zwischenfall hatte Mama sich das Recht herausgenommen, Theater und Konzerte allein zu besuchen und zu den unmöglichsten Nachtstunden heimzukehren.

Am anderen Morgen, beim geringsten Vorwurf Papas, warf sie ihm hochtrabende Phrasen oder Zitate von Modeschriftstellern an den Kopf. Und so schwieg er, da er sich nicht mit einer Frau streiten mochte, die der Glanz der Kultur verblendete.

Trotzdem versuchte er von Zeit zu Zeit, den äußeren Anschein zu wahren.

An diesem Morgen nahm er den Angriff tapfer wieder auf und stotterte:

»Ich ... ich erlaube mir ... ich finde, daß du übertreibst ..., daß ...«

Sofort sprang Mama in der tragischen Haltung einer Schauspielerin des königlichen Hoftheaters auf. Sie liebte diese Szenen und träumte davon, Theater ins Leben zu übertragen!

»Auf was spielst du an? Das ist ein Anschlag auf meine Freiheit ... ich verlasse dieses verfluchte Haus.«

»Ich bitte dich ... beruhige dich ... die Kinder ...«

»Diese kleinen Spione! Hinaus mit euch!«

Wir flüchteten. Draußen hielt Justus sein Ohr ans Schlüsselloch:

»Dieses Mal scheint es ernst zu werden. Sie wollen sich scheiden lassen«, flüsterte er überglücklich.

»Was bedeutet das, Juju?«

Justus antwortete nicht. Er horchte gespannt.

»Aha, sie spielt ihm schon die Kofferszene vor ...«

Denn bei jeder dieser Auseinandersetzungen gab Mama, um Zeit zu gewinnen, vor, daß sie, um das Haus verlassen zu können, einen großen neuen Kabinenkoffer benötige.

»Da hast du es schon ... Papa stammelt Entschuldigungen ... Und sie lenkt ein ... Weißt du, was sie gesagt hat? Sie bliebe wegen der Kinder! Da hört sich doch alles auf! ... Komm, auf dem Schulweg erzähle ich dir das Ende der Geschichte von Brüderchen und Schwesterchen.«

Ich konnte kaum den Augenblick erwarten, draußen auf der Straße erneut fragen zu können:

»Was heißt das: sich scheiden lassen, Juju?«

»Das Ende einer Ehe. Das Gericht wirft entweder den Vater oder die Mutter hinaus und befreit so die Kinder von dem einen oder anderen. Denn ›Nicht jeder hat das Glück, Waise zu sein‹, wie ein gewisser Renard sagt.«

Da man bei uns zuhause Französisch sprach, wenn die Dienstboten ins Zimmer traten oder wenn wir in den Ferien von den Kellnern bedient wurden, wußte ich, daß Renard Fuchs bedeutete.

»Seit wann sprechen die Füchse?«

»Schäfchen! Ein gewisser Jules Renard hat ein Buch geschrieben, dessen Held ein kleiner Junge ist, der sich ›Poil de Carotte, Rotschopf‹, nennt, weil er rothaarig ist. Seine Mutter war noch viel böser als unsere . . . wenn das noch möglich ist!«

»Und wie endet das Buch?«

»Der Junge versucht, sich aufzuhängen, aber es gelingt ihm nicht.«

»Und wenn wir uns beide in Nachtigallen verwandelten?«

»Dummes Gänschen! Ich hab dir doch schon gesagt, daß es sich um ein Märchen handelt!«

»Aber was wird aus der Nachtigall?«

»Warte . . . ich habe den Faden verloren . . . ja also . . . Verfolgt, flüchtet der Vogel sich in Schwesterchens Arm. Schwesterchen drückt ihn an sein Herz und näßt ihn mit Tränen. O Wunder! Kaum sind die Tränen auf das Gefieder gefallen, wird der Vogel wieder zu Brüderchen, das auf einmal die Sprache der Vögel versteht. Diese warnen es vor der Stiefmutter, die die beiden Kinder verfolgt . . . Uff, schon das Gefängnis!« Justus deutet auf die Schule.

»Schließlich vereinigen sich alle Tiere, um die Hexe zu töten. Um ihren Lauf zu hemmen, werfen die Ameisen Gräben auf. Die Schmetterlinge bilden einen Wandschirm, um sie auf falsche Fährte zu locken. Das Wild trinkt alle Quellen aus, damit sie verdurste. Die Beeren, die sie nähren könnten, werden von Ebern zerstampft, und als sie schließlich vor Schwäche umsinkt, beißen Marder und Wiesel sie so lange, bis ihr grausames Blut aus allen Adern spritzt. Sie stirbt einen schrecklichen Tod.«

Als ich einen tiefen Seufzer der Erleichterung ausstieß, setzte Justus hinzu:

»Mögen alle Rabenmütter auf diese Weise umkommen!«

Knall

Um diese Zeit begannen – zweimal die Woche – die Klavierstunden. Großmutter hatte leider meine »musikalische Begabung« entdeckt. Und selbst wenn sie sie nicht herausgefunden hätte, wäre ich den Klavierstunden nicht entgangen. Die meisten Kinder der gehobenen Klasse dieser Epoche wurden gezwungen, auf schwarzen und weißen Tasten herumzuklimpern. Sogar Justus, der eine völlige Unempfänglichkeit für Musik meisterhaft simuliert hatte, mußte daran glauben. Mama zog ihn an den Ohren vor das Klavier. Vielleicht glaubte sie, auf diese Weise die Ohren ihres Sohnes für Tonwellen empfänglicher zu machen.

Dienstags und freitags, an den Tagen der Musikstunden, wachte ich mit Herzklopfen auf. Zu dieser Furcht gesellte sich noch eine andere, die Angst vor dem Kapellmeister, Organisten und Kantor der Sankt-Anna-Kirche, Knall. Nie wurde es so schnell elf Uhr früh wie am Dienstag und am Freitag.

Man kann sich kaum eine seltsamere Erscheinung als die von Knall vorstellen. Er schien dem Märchen »Klein Zaches« von E. T. A. Hoffmann entstiegen. Bucklig wie jener, tief nach vorn gebeugt, einen Zylinder auf dem riesigen Kopf, eine Hand auf dem Rücken, die andere auf einen schweren Stock gestützt, mit dem er bei jedem Schritt den Takt einer musikalischen Übung zu schlagen schien, betrat er den Salon unserer Wohnung. Das heißt, bereits im Vorzimmer legte er Zylinder und Stock ab. Aber während er auf den Salon zuschritt, hörte ich den Stock noch immer auf den Boden klopfen. Ja, der Stock kam auf mich zu, nicht der Herr Klavierlehrer.

Ich sprang vom Drehstuhl herab, der für mich so hoch wie möglich hinaufgeschraubt worden war, damit ich die Klaviertasten erreichen konnte, und machte einen tiefen Knicks:

»Guten Morgen, Herr Kapellmeister.«

»Guten Tag, Clarisse. Nun, hast du dir die a-Moll-Tonleiter gut eingeprägt?«

Ach, weder mein Kopf noch meine Finger hatten sie sich eingeprägt. Gewiß, noch wenige Minuten, bevor Knall auf den Klingelknopf gedrückt hatte, spielte ich die Tonleiter fehlerfrei herunter. Aber jetzt schienen seine meergrün schimmernden, starren Augen hinter seiner Brille auf meinen Händen zu zerfließen. Meine Finger wurden sofort feucht. Heimlich wischte ich sie an meinem Hängekleid ab. Aber das machte es noch schlimmer. Außerdem begann mein ganzer Körper langsam zu erstarren.

O diese Augen! Sie rollten in ihren Höhlen wie die klebrig grünen Pfefferminzkugeln, die mir Oranie manchmal schenkte.

Und dazu schwang der Kapellmeister Knall das Lineal wie einen Dirigentenstab. Mama hatte ihm eingeschärft, seine Klavierstunden mit dem Lineal in der Hand zu geben. Ich schielte nach diesem »Stöckchen«. Es verdoppelte und verdreifachte sich. Bald tanzten fünfzig Lineale vor meinen Augen und waren schuld an meinem ersten Fehler. Im selben Augenblick erhielt ich den ersten Schlag auf meine Fingerknöchel. Obgleich ich seit Beginn der Stunde nichts anderes getan hatte, als auf diesen Schlag zu warten, fuhr ich zusammen. Die a-Moll-Tonleiter schien mir eine Folge von äußerst jammervollen und schmerzhaften Tönen zu sein.

»Schneller! Schneller!«

Er näherte sich mir. Ich versuchte, mein Gesicht wegzudrehen, um das Lineal nicht im Blickwinkel zu haben.

Gleichzeitig wurde mir übel, denn Knalls Atem roch fürchterlich.

Aber mochte ich auch die Augen schließen, ich sah das Lineal doch. Ein Fehler ... noch einer. Das Lineal sauste immer schneller auf meine Finger nieder. Alles verschwamm vor meinen Augen. Die weißen Tasten verwischten sich mit den schwarzen und umgekehrt. Ich war nicht mehr fähig, die Zwischenräume zwischen ihnen zu bemessen. Und noch unmöglicher, das Gis zu finden. Wie Dominosteine mit vielen weißen Punkten näherten und entfernten sie sich oder verschwanden gar in nebligen Fernen. Alles wurde zur Katastrophe.

Jetzt schlug das Lineal abwechselnd auf meine rechte und meine linke Hand. Meine Widerstandskraft war zu Ende, ich warf beide Hände in die Luft, verbarg mein Gesicht und sank auf das Klavier, so daß mein Schluchzen von den wilden Mißtönen des Pianos begleitet wurde. Meine Tränen rannen zwischen den Fingern auf die Tasten.

»Ist die Frau Mama zuhause?«

Ich schüttelte den Kopf.

»Soll ich Frau Mama eine Notiz zurücklassen?«

»Ich ... ich ... bitte um Verzeihung, Herr Kapellmeister ...«, ich will mir Mühe geben ..., aber die Finger tun mir so weh.«

»Gut. Ich werde das Lineal weglegen. Versuchen wir es noch einmal.«

Knall war nicht von Natur bösartig, sondern er war von Mama verdorben worden. Gewiß machte es ihm Vergnügen zu quälen, aber er hatte doch von Zeit zu Zeit auch Anwandlungen von Mitleid. Ich dachte: ein Mann, der in der Sankt-Anna-Kirche die Orgel spielt, kann nicht ganz schlecht sein. Aber er war arm, und man gab ihm viel weniger Geld für die Stunden, die er uns erteilte, als für die Schläge, von denen sie begleitet wurden.

Das Lineal lag also jetzt auf dem Plüschläufer, der das Klavier bedeckte, neben Familienbildern. Ich warf flehende

Blicke auf die darüberhängende große Uhr. Wie sehr würde ich das sonst verhaßte Westminster-Glockenspiel heute segnen! Aber es war noch weit bis zwölf Uhr. Die Fotografien der Familienmitglieder sahen mich hinterhältig an. Großmutter, die ihre Kinder anband, um sie auszupeitschen, und die Schwestern von Großmutter mit ihren steinernen Augen und blutrünstigen Mündern, wie Feldmarschälle des Staubwedels, eine gefährlicher als die andere. Kurz, alle meine Verwandten mütterlicherseits waren da, in ihren handgehämmerten Kupferrahmen, und sie hörten mir schonungslos beim Klavierspielen zu.

Ihre Bilderrahmen schrillten bei jedem einzelnen Ton. Es schien ein Familienkonzert zu sein. Die falschen Gebisse und Goldzähne meiner Tanten schienen meinen Übungen den Takt zu schlagen. Konnte die a-Moll-Tonleiter eine fürchterlichere Zuhörerschaft haben?

Aufwärts ließ die Tonleiter sich noch leidlich gut abspielen. Aber sobald es herunterging, schwankten die Fotografien, besonders die von Großmutter, deren schweren Rahmen seltsam stilisierte Tiere schmückten. Nur Großmutter konnte dieses drohende Kriegsgeschrei hervorbringen. Halt! Trat sie da nicht gar aus dem Rahmen heraus? Ihre mitleidlosen Augen durchbohrten mich mit stechendem Blick. Der Mund war ein schmaler, grausamer Strich wie der von Mama. Magnetisch zog sie meinen Blick an, befahl laut: »Zum Donnerwetter, abwärts...«.

»Abwärts! Marsch!« befahl der Kapellmeister. Großmutter vibrierte. Man glaubte das Dröhnen einer wütend gewordenen Hornisse zu hören. Ich scheute vor dem Gis zurück wie ein Rennpferd vor dem Hindernis.

»Kreuzdonnerwetter, abwärts!«

In Knalls Seele erwachte der ehemalige Unteroffizier. Die Tasten entschlüpften meinen Händen. Ich spielte falsch.

In diesem Augenblick ging die Tür auf: Mama. Sie war etwas früher als gewöhnlich von ihrem Morgenspaziergang zurückgekommen. Ich sprang vom Drehstuhl herunter und stand stramm.

»Guten Tag, gnädige Frau.«

Herr Knall verbeugte sich so tief, daß er mit dem Kopf fast den Boden berührte, mit diesem dicken Kopf des Zwergs Mime aus Wagners Nibelungen.

Mamas Augen loderten auf, als sie auf meinem Gesicht die Spuren von Tränen entdeckte.

»Nun, wie haben wir gearbeitet?«

»Ganz gut, gnädige Frau.«

»Das scheint mir nicht der Fall. Sie hat geweint.«

Mama wickelte mich mit ihrem Blick ein wie eine Boa ihr Opfer.

»Ja, sie spielte G statt Gis.«

»Unaufmerksam wie immer. Aber Herr Kapellmeister, warum haben Sie das Lineal weggelegt? Ohne Strenge kann man bei dieser Kleinen keinen Fortschritt erzielen. Sie ist zu zerstreut. Ich glaube, Clarisse, wir werden zusammen die a-Moll-Tonleiter üben müssen.«

Ich muß Knall einen verzweifelten Blick zugeworfen haben, denn er versuchte einzulenken.

»Dagegen spielt sie die Dur-Tonleitern ausgezeichnet für ihr Alter.«

Aber diese Leistung machte in Mamas Augen nicht meine Unfähigkeit wett, die melancholische Moll-Tonleiter zu spielen ...

»Komm, Clarisse! Ich sende Ihnen Justus anstelle dieser kleinen Faulenzerin, Herr Kapellmeister.«

Im Schlafzimmer nahm Mama den Stock in die Hand und befahl:

»Die rechte Hand!«

Zitternd hielt ich sie hin.

»Nein, nicht so. Den Handrücken!«

Und sie begann zu trällern: »a h c d e f gis a ...« Und das Pfeifen des Stockes begleitete jede Note.

Wer würde bei dieser Methode nicht musikalisch werden?

Dann kam die linke Hand an die Reihe. So »studierten« wir lange zusammen, um so länger, je mehr ich mich weigerte, mit Mama zu singen.

Die a-Moll-Tonleiter hat mir dicke blaue Beulen eingebracht, die wochenlang die Knöchel meiner Handrücken zierten.

Die Matthäuspassion

Wie oft beruhen die Beziehungen zwischen Menschen auf Mißverständnissen! Knall und ich wurden später die besten Freunde. Ihm danke ich es, im Augenblick tiefster Verzweiflung jenem Unbegreiflichen begegnet zu sein, das wir unbewußt »Gott« nennen. Ihm verdanke ich die höchste Ekstase und Offenbarung meiner Kindheit: die Matthäuspassion. Der Wahrheit gemäß muß ich zugeben, daß Knall von jenem Tag an nie wieder die Hand gegen mich erhob. Zwar jonglierte er weiter mit dem Lineal, um Mama seine Qualitäten als Klavierlehrer zu beweisen. Aber dieses Lineal hat mich nie wieder berührt, nie wieder hat es mich moralisch verletzt, denn die Geste war erniedrigender als der Schlag.

Ich greife vor. Aber was macht das?

Ich war gerade zehn Jahre alt geworden. Der Kapellmeister hatte Mama klargemacht, daß es für meine musikalische Bildung unumgänglich sei, das berühmte Werk von Johann Sebastian Bach zu hören. Ich würde dann mit mehr Verständnis die Fugen und Präludien des Meisters spielen.

In München wurde jedes Jahr am Karfreitag die Matthäuspassion aufgeführt, und man bereitete sich lange wie auf ein großes Ereignis vor. Die Qualität der Sänger wurde monatelang im voraus diskutiert. Der erste Teil begann am Spätnachmittag, und nach einer längeren Pause, die dem Publikum erlaubte, sich zu erholen, folgte der noch dramatischere zweite Teil, der bis spätabends dauerte.

Um meine Freude nicht zu verraten, hatte ich bei Knalls Vorschlag nicht mit der Wimper gezuckt: So konnte meine Mutter glauben, daß das Anhören dieser vierstündigen geistlichen, strengen und feierlichen Musik für mich eher eine Fronarbeit als ein Vergnügen sei.

Was für ein seltsames Paar wir wohl bilden würden, der Hoffmannsche Gnom in Gehrock und Zylinder, an der Hand das kleine rothaarige Mädchen mit dem vor Erregung weißen, durchsichtigen Gesicht. Natürlich war ich auch schwarz gekleidet wie eine Waise, denn für diese Zeremonie zog sich damals jeder schwarz an.

Ich hielt mich artig und kerzengerade auf meinem Sitz, während mir das Herz im Halse klopfte. Kaum hatte ich das erste Schluchzen des Chores vernommen, als ich schon, ohne je im Religionsunterricht gewesen zu sein, das Wort »Gott« fühlte. Ich war dem Ewigen auf der Spur. Aus dieser klingenden Wolke war Er herausgetreten und kam mir entgegen, wirklicher als im Duft einer Rose.

Dort oben auf der Bühne sangen Menschen mit Engelszungen. Ich fühlte mich entspannt, befreit, gereift, vereint mit allen, die je gelitten hatten.

Das war das Heil, das war der Zufluchtsort, an dem mich niemand mehr erreichen konnte.

Mochte mich meine Mutter noch so sehr foltern, ich brauchte mich nur von diesem Sprungbrett in die Unendlichkeit zu stürzen. Diese Seligkeit konnte sie mir nie wieder rauben. Immer wieder, so oft ich es wollte, würden diese Glückstöne sich neu in mir bilden. Die ernste Stimme der Orgel würde Mamas Schreie übertönen, ohne daß sie den leisesten Laut vernehmen konnte.

Niemand würde die Klage der Töchter Zions in mir hören: »Kommt, ihr Töchter, helft mir klagen...«

Die Süße der Geigen, die das Lied begleiteten, erschütterte mein ganzes Wesen. Glaube, Demut, Mitleid, all die Tugenden, die ein Genie mit Stimmen und Händen auszudrükken vermochte, wurden mir zum erstenmal enthüllt. Hinter fest geschlossenen Augen betrachtete ich das Firmament. Niemals zuvor war es so voller Sterne gewesen. Man brauchte also nur die Augen zu schließen, um sehen zu lernen?

Tränen des Glücks tropften auf mein Kleid. Aber ich wagte mich weder zu rühren, noch mein Taschentuch hervorzuziehen. Um nicht in den Fluten des Glücks zu ertrinken, klammerte ich mich an die Fermaten der Musik wie an himmlische Rettungsanker. Aber meine Erschütterung wurde immer stärker. Schon schluchzte ich von Zeit zu Zeit auf, die Tränen schossen aus mir hervor.

Knall stieß mich mit seinem Ellbogen an und flüsterte:

»Haltung, zum Donnerwetter! Still, oder wir verlassen den Saal!«

Gehorsam versuchte ich, mich zu beherrschen. Gewohnt, meine Schmerzensschreie zurückzuhalten, vermochte ich die Freude nicht zu unterdrücken. Und als schließlich eine magische Altstimme im wunderbarsten Dreivierteltakt, von Orchester und zwei überirdischen Flöten getragen, sich erhob: »Buß und Reu, Buß und Reu, bricht das Sündenherz entzwei...«, da verlor ich jede Kontrolle und schluchzte laut auf. Diese Wonne, die durch die Ohren in mein Herz strömte, wurde zu einem Tränenstrom. »Ruhe! Ruhe!« flüsterten die Leute um uns herum. Schließlich umklammerte Knall meine Hand und zog mich zum Ausgang. Im Foyer hielten wir an. Er rüttelte mich an den Schultern, aber ich war völlig fassungslos.

»Nun, nun, mein Gott...«, hörte ich den Kapellmeister von weither brummen. Seine Stimme hatte nicht denselben Klang wie gewöhnlich.

Ich erwartete Rügen, Tadel, Strafe. Statt dessen fühlte ich plötzlich über mein Gesicht ein rauhes Stück Stoff gleiten, das nach Tabak und chronischem Husten roch: das Taschentuch des Kapellmeisters.

Er trocknete meine Tränen. Ich öffnete die Augen. Um den sonst so harten Mund des Greises bemerkte ich ein väterliches und verständnisvolles Lächeln.

Überströmend vor Liebe für alles, was lebt, beugte ich

mich über die alte, wächserne Hand, in die die Gicht feine Reliefs geschnitzt hatte, und küßte sie.

Von diesem Augenblick an hat diese Hand nie wieder das Lineal gegen mich erhoben.

Herakles

An einem der Tage, an denen Erna zur Beichte gehen durfte, nahm Oranie mich mit zu Rakl, ihrem Verlobten. »Rakl« war die Abkürzung seines Vornamens Herakles. Wir rannten durch den romantischen Theatinerhof, die Theatinerstraße entlang zum Tal, durch mittelalterliche Kolonnaden hindurch, an baufälligen Häusern entlang, bis zu der verlotterten und berüchtigten Gasse, in der der »Zukünftige«, wie Oranie ihn nannte, sein Lebensmittelgeschäft »Zum Feinschmecker« hatte. Ein etwas überhebliches Aushängeschild für diesen unglaublichen Laden, in dem sich im Laufe der Zeit die seltsamsten Waren angesammelt hatten: getrockneter Stockfisch, hart wie Leder, zum Rosenkranz aufgereihte verkalkte Pilze, die eher Negerschmuck als Schwämmen ähnelten; lange Lakritzenstangen, mit schimmeligen Arabesken geschmückt, krochen wie schwarze Schlangen in zerbrochenen Glasgefäßen hoch, auf deren Boden ranzige Schokoladebonbons lagen, unauflöslich an Zuckerstangen zementiert. All das bildete ein vielfarbiges Stilleben, zusammen mit roten Pfefferschoten, Rollmops, Knoblauchgirlanden, von Alter gezeichnetem türkischem Honig, den schwarze und grünblaue Mücken wie Ornamente bedeckten. Kreuz und quer lagen Nougatstangen aus Montélimar und Lukum aus Port Said. Heringe aus Baltimore schwammen in einer verdächtigen Tomatensoße in einem angeschlagenen Napf. Kleinere Gefäße enthielten gärende Senfgurken und Mixed Pickles, wie Herakles sie nannte:

Schwammige Blumenkohlstücke und aufgedunsene Gurken und Zwiebeln erinnerten an die in Alkohol konservierten Polypen, Weichtiere und Salamander, die Zierde des Naturkundesaales unserer Schule.

Die wie versteinert aussehenden Würste waren so hart, daß Herakles sich ihrer als Knüppel hätte bedienen können. Und wie er mit breiten Schultern diesen Stall des Augias durchmaß, schien es mir, als wolle er weniger Sauerkraut und Heringe verkaufen, als sich mit dem ersten besten Kunden balgen. Aber wie so viele Raufbolde mit zartem Herzen war er, besonders Oranie gegenüber, von kindlicher Sanftheit. Wie sind die Starken doch oft so schwach in dieser Welt, und wie mächtig gebärdet sich zuweilen feige Schwachheit.

Wie einst Dejanira Herakles das Nessushemd anbot, hatte Oranie ihrem Geliebten eine wollene Jacke gestrickt, die er immer trug, besiegt, ohne es zu wissen. Wenn man seine kräftigen Muskeln unter dem Pullover sah, war man erstaunt über die bärenhafte Gefälligkeit, mit der er sich der geringsten Laune seiner Freundin fügte.

Plötzlich verriegelte Oranie die Ladentür. Sie setzte sich hinter den Ladentisch und erlaubte mir, alles zu essen, worauf ich Lust hatte. Das Paar verschwand in der Hinterstube, wo sich ein Feldbett mit einer wurmstichigen Matratze befand.

Entzückt darüber, in einem solchen Schlaraffenland allein zu sein, machte ich mich über all die scharf gewürzten Lebensmittel her, die mir fast den Mund verbrannten. Welch ein Vergnügen, diese fremdartigen Leckereien knabbern zu können! Ich schlang eine beträchtliche Menge von verdorbenen Schokoladentafeln hinunter, nur um der hübschen Bilder und des Silberpapiers wegen, das ich sammelte. Ich öffnete mehrere Heringe, weil Oranie mir gesagt hatte, daß sich im Innern bestimmter Fische eine Seele befinde. Ich fand keine, aß aber schließlich die aufgerissenen Tiere auf, da ich nicht wagte, sie beschädigt auf die Platte zurückzulegen. Beim dritten Hering wurde mir schlecht.

Auf einem Regal standen Cognacflaschen. Ich hatte meine

Eltern davon trinken sehen, wenn sie sich nicht wohl fühlten. Ich griff nach einer Flasche. Im selben Augenblick ließ ein furchtbarer Schrei aus der Hinterstube die Flasche aus meinen Händen gleiten, so daß sie krachend zerbrach. Es war ein Schrei, den ich noch nie gehört hatte. Oder vielleicht einmal im Zirkus, als der Löwe ein Gebrüll ausstieß, das aus Urtiefen zu kommen schien... Das Rauschen des Meeres in der Venusmuschel in unserem Salon, das Dröhnen der Orgel, wenn man an einer Kirche vorbeiging, das Rollen des Donners waren diesem Schrei verwandt. Warum nur grollte Herakles wie der Ozean, wie der Sturm, wie ein entfesseltes Element? Ängstlich klammerte ich mich am Ladentisch an. Dieser Schrei erschütterte mich, zerbrach etwas in mir, wie er die Cognacflasche zerbrochen hatte, deren Scherben noch auf dem Fußboden lagen. Ich hielt mir die Ohren zu. Denn der Schrei wiederholte sich. Er kam aus der Tiefe von Herakles' Schoß: Es war ein übermenschlicher und doch harmonischer Laut, der mich erzittern ließ. Und Oranie schien ihrerseits Herakles anzuflehen, sie verschonen zu wollen. Warum nur stöhnte und seufzte sie, als ob er sie folterte?

»Rakl, Rakl«, rief ich und rüttelte an der Hintertür. »Ich bitte dich, tu Oranie nicht weh! Mach auf, bitte mach auf!«

Aber sie hörten mich nicht. Oranie röchelte, und Rakls Atem pfiff wie der Nordwind.

Ich hängte mich an die Türklinke, dann preßte ich das Ohr ans Schlüsselloch. Oranie war jetzt still. Ich schlug gegen das Holz, und endlich entschloß ich mich, durch das Schlüsselloch zu gucken.

Herakles lag auf Oranie. Sein Riesenkörper bedeckte die rundlichen Formen unserer Köchin. Hatte er sie erstickt? Versuchte er, sie wiederzubeleben?... Nur die Toten lagen so unbeweglich. Ich hatte schon viele einbalsamierte Tote gesehen, im gläsernen Beinhaus eines Klosters. Ich schrie wieder, rannte zum Eingang des Geschäfts und schob den Riegel zurück, um hinauszustürzen und Hilfe herbeizurufen. In diesem Augenblick öffnete sich endlich die Tür der Hinterstube. Herakles kam schwankend heraus, mit nackter Brust. Dieses Mal hatte er das Nessushemd ausgezogen, und deshalb wohl war er so stark und gefährlich geworden. Er rollte auf mich zu wie ein Fels und hielt seine Riesenhand – eine Pranke wie ein Felsblock – vor meinen Mund.

»Willst du wohl still sein, du Närrchen! Oranie und ich haben Paradies gespielt. Nichts weiter. Du hast doch in der Bibel die Geschichte von Adam und Eva gelesen?«

Schüchtern machte ich eine verneinende Kopfbewegung.

»Ach so, du bist ja eine Heidin!«

Er zog aus einer Schublade ein altes, fettiges Buch hervor und lachte.

»Nimm das, sieh dir die Bilder an. Das ist die Heilige Schrift, die ich noch von meiner Schulzeit her habe.«

»Oranie«, fragte ich auf dem Heimweg, »sag mir, warum schreit man so im Paradies?«

»Weil die Menschen das Glück nicht ertragen können. Auch haben sie alles Menschenmögliche getan, um daraus vertrieben zu werden. Du kannst davon in diesem kleinen Buch lesen.«

»Schreit Rakl immer so, wenn ihr im Paradies seid?«

»Erinnere dich an die Geschichte von Mutter Schick. Als Blitz das kleine Fohlen zeugte, schrie er so laut auf, daß die Berge zitterten.«

»Oh, der Laden hat auch gezittert. Aber ihr habt doch kein kleines Fohlen gezeugt?«

»Nein, aber so entstehen die Kinder.«

»Wie, wie?«

Einfach und ohne falsche Scham erklärte mir Oranie als gesundes Kind des Volkes:

»Wenn der Mann der Frau das Hemd hochhebt.«

Ich wagte nicht, weiter zu fragen. Aber diese erste Begegnung mit der Liebe, dieser Schock, den sie in mir auslöste, hatten mich dermaßen beunruhigt, daß ich mir unaufhörlich das Hirn über dieses Thema zermarterte.

Die Feuerprobe

In der Schule sollte ein Feueralarm stattfinden. Wir waren zu dieser Übung wie Rekruten gedrillt worden. Beim ersten Klingelzeichen – so lautete die Anweisung – sollten Bücher, Hefte und Federhalter auf die Pulte geworfen werden. Eine Minute später sollten wir, jeweils zwei und zwei, unseren Einzug in den Schulhof halten, und zwar in tadellosem Aufmarsch.

Wir sollten uns vorstellen, daß eine Feuersbrunst in irgendeinem Flügel des Gebäudes ausgebrochen war, zum Beispiel in dem kleinen Amphitheater des Naturkundesaals. Ausgestopfte Eichhörnchen, Füchse und Schleiereulen, von den Blicken unzähliger Generationen kleiner Mädchen abgenutzt und von Motten zerfressen, würden weißglühend ringsherum ein bengalisches Feuer verbreiten. Die rosa und himmelblauen Geografie-Landkarten an den Wänden rollten sich unter der Hitze von selber auf.

Welch ein unglaubliches Ereignis! Unser ganzes Land würde nicht von den Flammen verschont bleiben! Sie konnten allerdings noch einen kleinen Umweg machen. Sollten alle diese stattlichen Festungen, diese Garnisonsstädte, diese Bollwerke, diese Kasernen, diese strategisch wichtigen Eisenbahnlinien mit und ohne Befehlshaber, sollten sie alle plötzlich in Flammen aufgehen?

Vielleicht brach das Feuer auch in der Schulbibliothek aus. Sie glich mit ihren Tausenden von alten Büchern und Folianten, die mit geometrisch gespannten Spinnennetzen überzogen waren und Modergeruch verbreiteten, ganz und gar der Bibliothek des Doktor Faustus, den ich im Marionettentheater gesehen hatte.

Kurz, man hatte seit Tagen unsere Einbildungskraft dermaßen angeregt, daß wir seitdem nur noch von dieser Feuersbrunst sprachen. Die Gänge des baufälligen, wurmstichigen Gebäudes schien ein Geruch von Schwefel zu durchziehen, an den Feuerregen von Sodom und Gomorrha erinnernd. Und ganz wie in dem düsteren biblischen Bericht war es uns strengstens verboten, uns während der Feuerübung umzusehen. Gewiß, wir würden nicht zu Salzsäulen erstarren, aber man drohte uns mit exemplarischen Strafen, wenn wir das Manöver auch nur durch die kleinste Verzögerung behindern sollten.

Ich schlief nicht mehr. Alles brannte unaufhörlich in meinen Träumen. Die roten Wagen der Feuerwehr heulten unablässig vorbei. Die Rettungsleitern wurden durch die Zimmerdecke hindurch in den Himmel gerichtet. Auf diesen Jakobsleitern führten Engel die tollste Akrobatik aus. Eines Morgens, nachdem in meiner Fantasie die Schule längst nichts mehr als ein Aschenhaufen war, ließ uns die Alarmglocke zusammenzucken. Während der Dauer der Übungen schlugen die Vibrationen dieser Feuerwehrglocke an unser Trommelfell.

Einen Augenblick später zogen wir im Schulhof um den Direktor herum im Exerzierschritt die vollendetsten Kreise. Unbeweglich wie ein Monument, genau in der Mitte, als habe er die Entfernung, die ihn von den Mauern trennte, abgemessen, schien der »Rex«, wie wir ihn nannten, nichts von den Ellipsen und Kreisen zu sehen, die wir um ihn zogen. Der Wolf in unserem Naturkundesaal hatte dieselben starren und grausamen Glasaugen. Sein weißes, bürstenförmig gestutztes Haar war eher aus Gips als aus einer lebenden Materie.

Aus seinem Mund fielen wie aus einem Lautsprecher automatische Kommandos:

»Augen links!« Alle Augenpaare rollten nach links.
»Die Augen rechts!« Dreihundert Augenpaare rollten nach rechts. Genau wie die Porzellanaugen der Gliederpuppen.
»Vorwärts, marsch!«
»Rechts um!«
»Links um!« Der Direktor hatte vergessen, daß wir keine Soldaten, sondern kleine Mädchen waren.
»Zu den Leitern!«
Wir kletterten wie Katzen hinauf.
»Achtung! Feuer vor euch!«
Alle wandten sich dem Portal der Kapelle zu.
»Achtung! Feuer hinter euch!«
Das Kinderregiment drehte der vermeintlichen Feuersbrunst den Rücken.
Das Wort »Feuer« begann auf mich seine Wirkung auszuüben. Ich glaubte an den Brand. Dieses groteske Hinundherrennen, das uns wie Mannequins umherschleuderte, vermochte in meiner Fantasie nicht die magische Macht des Elementes zu bändigen, das man heraufbeschworen hatte. Ich sah Rauchschwaden aus den vergitterten Kellerfenstern des Karzers aufsteigen. Und das schreckliche Getöse der Alarmklingel reizte meine Einbildungskraft mehr und mehr. Verpestete Dämpfe umgaben mich. Die Einbildung verwandelte das vorgetäuschte Feuer in ein wirkliches. Und so kam es, daß ich das letzte Kommando überhörte:
»Rückwärts, marsch!«
Plötzlich befand ich mich allein in der Mitte des Schulhofes, und auf meiner Schulter lastete eine eiserne Hand, die allmächtige des Direktors. Wo war das Feuer? Warum rannte es mir nicht helfend entgegen? Durch das Rasseln der Schulglocke hindurch hörte ich:
»Disziplinverweigerung ... Meldung an die Eltern ...«
Ich stand unbeweglich da, zu einer Salzsäule erstarrt.
»Rühr dich!«
Ich schwankte. Die Mauern, der Boden, die Treppe be-

deckten sich mit Verweiszetteln, diesen entsetzlichen kleinen Papierschnitzeln, die man mit der Unterschrift der Eltern zurückzubringen hatte. Wie wäre es, wenn ich die Schule in Brand steckte? Ich würde mich irgendwo verstecken und lebendig verbrennen, von Kopf bis Fuß. Leider aber gab es Feuerlöscher in den Gängen, mit denen man mich möglicherweise retten würde. Feuer... Wasser... Wozu diente der Kanal?

Schon sah ich den Briefträger an unserer Wohnungstür läuten, den Brief, der den Verweis enthielt, abgeben... meine Mutter den Briefumschlag zerreißen und mich rufen..., aber ich, unerreichbar für die Strafe, schlief, sanft gewiegt von den Wellen des Kanals... Die Post... hatte ich nicht eines Tages Justus dabei überrascht, daß er mit einer Stricknadel aus unserem Briefkasten einen Umschlag herausfischte? Just würde mir helfen, mich des Verweiszettels zu bemächtigen. Ich schöpfte Mut. Der Kanal würde auch noch morgen fließen.

»Mach dir keine Sorgen, Schwesterchen!«

Juju lachte leichtherzig. »Es wird alles gutgehen, und ich werde den Papierfetzen unterschreiben.«

Juju, Liebling! Seit jenem Tag erinnere ich mich jedesmal, wenn ich eine Flamme sehe oder auch nur ein Streichholz anzünde, was du für mich gewagt und was es dich kostete, mich aus dem Scheiterhaufen einer eingebildeten Feuersbrunst zu retten!

Der Verweiszettel mit der von Justus gefälschten elterlichen Unterschrift wurde durch ihn an die Schuldirektion zurückgeschickt.

Zwei, drei Tage verstrichen, und wir waren schon sicher, daß alles gutgegangen war. Am vierten Morgen – der Unterricht hätte schon längst beginnen sollen – schien unsere Lehrerin sich verspätet zu haben. Plötzlich wurde die Tür aufgerissen. Meine Mutter stand da neben der Lehrerin und schrie mir mit schriller Stimme zu:

»Na, Clarisse, du kannst dich aufs Nachhausekommen freuen!«

Meine kleinen Klassenkameradinnen sahen mich grinsend an. Sie stießen sich mit den Ellenbogen. Meine Nachbarin schnitt mir ein Gesicht und ging von mir weg. Mit dem roten Schleier der Schande bedeckt, wünschte ich mir inbrünstig, durch den Fußboden in das dunkle Karzerloch im Keller versinken zu können. Wieder sah ich mich auf dem Grunde des Kanals liegen. Aber was würde mit Just geschehen? Unmöglich konnte ich ihn so feige verlassen.

Schon an der Haustür hörte ich Justus mit rauher, schriller Stimme schreien:

»Nein... nein... Ich laufe aufs Polizeirevier... ich werde mich beschweren... auf dem Polizei...«

Ich rannte ins Schlafzimmer.

Mama, noch in Hut und Mantel, schlug mit ihrem Regenschirm auf Just ein. Er war überall mit Blut bespritzt. Von einem seiner Ohren hing ein Fetzen herab.

War das noch ein Regnschirm? Der kostbare, mit vier Elefanten aus Elfenbein geschmückte Griff war abgebrochen. Die zerschlissene Seide des Gestänges hing nur noch an einigen Metallstäbchen. Und diese Stäbe klatschten ohne Unterlaß auf den Jungen herab, der seine Sache noch damit verschlimmerte, daß er die Drohung »Polizei« ausstieß.

Ich stürzte auf Mama zu, klammerte mich an ihren Arm und stammelte:

»Oh! Du bist böse... Du bist böse... ich werde dir das niemals verzeihen... niemals vergessen, daß du Just so weh getan hast!«

Der Regenschirm erstickte meine Worte.

Seit jenem Tag zierte Justs Stirn eine große Narbe. So oft mein Blick auf diese sternförmige Narbe fiel, stieg in mir ein unerklärliches Gefühl auf: der Haß.

Was aber die Regenschirme anbetrifft, so löst ihr Anblick zeitlebens einen tiefen Abscheu in mir aus.

Die Freundin

Meine neue Klassennachbarin war ein kleines Mädchen mit flachsblonden Haaren. In der Pause fragte sie mich:

»Willst du meine Freundin sein?«

Ich tauchte ein in den Himmel ihrer Augen.

»Ja«, flüsterte ich sehr geschmeichelt, denn sie war etwas älter als ich.

Und gebieterisch fügte ich hinzu: »Aber du darfst keine andere Freundin außer mir haben.«

Schon quälte mich der Gedanke, daß sich ein anderes Kind unserer Klasse in ihre Vegißmeinnichtaugen verlieben könnte.

Die Kleine verstand mich nicht, aber sie nickte gelehrig mit dem Kopf. Dann wechselte sie sofort das Thema.

»Ich habe einen Hund«, sagte sie.

Mein Herz schmerzte. Es tat mir weh, daß sie einen Hund hatte. Bitter fühlte ich, daß ich mit ihm zu teilen hätte.

Ich versuchte, sie zu übertrumpfen: »Ich habe einen großen Bruder.«

Sie fuhr fort:

»Wie viele Puppen hast du? Ich habe elf. Drei können sprechen, und eine singt die erste Strophe der Nationalhymne.«

Ich prahlte: »Ich habe dreizehn. Einige können laufen, und ein Marineoffizier legt die Hand zum militärischen Gruß an die Mütze.«

Denn wenn sie erfuhr, daß ich außer Melusine nichts als einen zerbrochenen Matrosen besaß, würde sie mir gewiß ein anderes Kind vorziehen.

Sehnsüchtig sah ich in ihre Porzellanaugen. Sie sah selber wie eine Puppe aus. Mein Herz begann leidenschaftlich zu schlagen. Aufgeregt, hingerissen, verführt, konnte ich mich während des Unterrichts kaum beherrschen. Von Zeit zu Zeit streifte mein Blick die seidenen blonden Locken, die meiner Freundin und damit auch ein wenig mir gehörten.

B...e...t...t...i...n...a...Bettina. Ein Name, der wie ein Bonbon auf der Zunge schmolz. Gab es auf der Welt einen schöneren Vornamen?

Ihre kleinen, rosa lackierten Finger hielten energisch den elfenbeinernen Federhalter – ein Wunderwerk –, in dessen Stiel man durch ein winziges Loch hindurch einen Turm aus Filigran aus einem anderen Land erblickte: den Eiffelturm. An ihrem zierlichen Handgelenk tanzte ein Anhänger an einem goldenen Armreif. Ich war verliebt in alles, was zu ihr gehörte. Nur zu gern hätte ich sie gestreichelt wie meine Puppe Melusine. Aber darf man eine Freundin streicheln? In tiefstem Ernst erwog ich das Problem. Und dann empfand ich ein dringendes Bedürfnis, ihr etwas anzubieten. Was konnte ich ihr zum Geschenk machen? Ja, was? Ich besaß nichts. Nicht das Geringste.

Da kam mir eine Idee. Obwohl ich mich der Gefahr aussetzte, von der Lehrerin bestraft zu werden, begann ich, aus meinem Schulheft ein Blatt herauszureißen. Ich brauchte zu dieser Arbeit mindestens eine Viertelstunde, denn der geringste Lärm hätte mich verraten. Dann stieß ich meinen Federhalter tief ins Tintenfaß. Ein schöner schwarzer Fleck breitete sich jetzt auf dem Papier aus, das ich faltete. Als ich das Blatt wieder öffnete, schmückte es ein riesiger Schmetterling. Ein Schmetterling aus einer Fabelwelt, dessen Flügel eine zauberhafte Licht- und Schattenzeichnung trugen.

In diesem Augenblick läutete die Glocke. Die Stunde war zu Ende. Ich überreichte Bettina mein Kunstwerk. Sie dankte mir ungeduldig und zerrte mich hinter sich her, wie sie ihren Hund hinter sich hergezogen hätte.

Am Schultor erwarteten Mütter, ältere Brüder, Dienstmädchen und Chauffeure die Kinder. Aber die meisten gingen allein nach Hause wie ich.

Plötzlich ließ meine kleine Freundin mich stehen, lief davon und warf sich in die Arme einer Dame, die die gleichen Haare wie sie hatte. In ihren Augenhöhlen leuchteten die gleichen kostbaren Aquamarine, von einer Brille beschützt, wie Edelsteine hinter Vitrinen. Bettina hängte sich an ihren Hals und bedeckte ihr Gesicht mit Küssen. Also schwebend, schien sie jedes Bedürfnis, zur Erde zurückzukehren, verloren zu haben, jener Erde, auf der ich stand, schwerer denn je, mit gelähmten Füßen und einer ätzenden Wunde im Herzen.

Diese Minute, während Bettina am Hals der Mutter hing, war für mich eine Ewigkeit.

Niemals zuvor in meinem ganzen Leben hatte ich mich so verlassen gefühlt. Denn Bettina hatte alles vergessen: die Schule, die Straße, die Zeit, den Freundschaftspakt, den wir gerade geschlossen und den ich so ernst genommen hatte! Warum nur brannte mein Herz so? Ich wußte nicht, daß sich diese Brandwunde Eifersucht nannte. Ja, ich war eifersüchtig, sowohl auf die Mutter, die mir die Liebe meiner neuen Freundin nahm, als auch auf sie selbst, die eine echte Mutter besaß.

Schließlich erinnerte Bettina sich an mich. Sie nahm ihre Mutter bei der Hand und kam stürmisch mit ihr zu mir.

»Mütterchen, das ist Clarisse.«

Die Dame mit den Aquamarinaugen beugte sich zu mir herab und küßte mich voll Zärtlichkeit, wie Mütter küssen. Ihre azurblauen Augen umhüllten mich mit blauem Dunst. Ich hatte einen Vorgeschmack des Himmels.

»Willst du Sonntag zu uns kommen, mit Bettina spielen?«

Ich stammelte: »O ... o ... ja ... ja ... danke!« Dann rannte ich, so schnell ich konnte, davon. Meine Augen füllten sich mit Tränen.

Während ich nach Hause lief, fühlte ich auf meinem Mund noch immer den Geschmack des Kusses, den mir eine fremde Mutter gegeben hatte.

Oh, wie er mich nährte, dieser Kuß. Er sättigte mich ebenso wie allerhand Zuckerzeug: Honig, Malagatrauben oder Marzipan. Oh, der Himbeergeschmack dieser Lippen! Zarter als Rosenblätter, färbten sie nicht ab wie die von Mama, die immer mit dem fetten Rot eines Lippenstiftes bedeckt waren. Und der helle, goldene Haarknoten, den sie im Nacken trug, leuchtete wie Flachs! Sie hatte keine kleinen Löckchen, die nach dem Brenneisen des Friseurs rochen, denen man sich nur mit äußerster Vorsicht nähern durfte, wenn wir Gäste hatten und vor ihnen die Pantomime einer Familieneintracht zu spielen und Mama zu küssen hatten.

Warmer, beseligender Duft einer Mutter! War es möglich, daß Bettina ihr Glück nicht kannte, so wie ich bisher mein Unglück verdrängt hatte?

Ich biß mir auf die Lippen. Man hatte mir zu oft eingeschärft, daß man hart gegen sich selbst sein müsse. Ich versuchte, mir das Einmaleins aufzusagen. Aber es half nichts, alles flatterte vor meinen Augen, ich sah nicht mehr klar.

Die Häuser schwankten hinter einem Vorhang von Tränen. Ich lief durch eine Allee von blonden Müttern mit Himmelsaugen, und jede sagte mit zärtlicher Stimme zu mir:

»Komm... Sonntag... nächsten Sonntag... mit Bettina spielen... komm... komm, komm...«

Ich schlüpfte in ein Haustor und verkroch mich in einer unbekannten, finsteren Ecke. Wie ich dort versteckt kauerte, gegen die Mauer gepreßt, platzte der Kummer aus meinem Mund, meinen Augen, meinen Armen, meinen Füßen. Ich stampfte auf vor Schmerz und hämmerte auf die Ziegelsteine mit beiden Fäusten los.

Ja, jetzt, jetzt wußte ich es. Ich wußte, was es bedeutete, ein Kind zu sein. Gewiegt, verwöhnt, beschützt und geküßt zu werden! Ich, die ich eine Mutter hatte, war eine ärmere Waise als die kleine Baladine, das Töchterchen unseres Hausverwalters, dem der Tod kürzlich die Mutter entrissen hatte.

Unschuldige Liebe

Justus hatte Röteln. Es war streng verboten, sich seiner Zimmertür zu nähern. Man hätte ebensogut einem Tauben verbieten können, schwerhörig zu sein. Justs Stimme einen ganzen Tag lang nicht zu hören wäre eine große Entbehrung für mich gewesen!

Das tägliche Einerlei des Hauses rollte wie immer ab. Sobald Mama ausgegangen und Erna in der Waschküche beschäftigt war, wie an jedem Montag im Kalender, schlich ich mich in Justs Zimmer.

»Kleines Dummerchen«, tadelte er, obgleich er selig war, mich zu sehen. »Ich werde dich anstecken.«

»Und wenn schon! Du kannst mich ruhig anstecken. Ich habe lieber die Röteln, als so allein zu sein.«

Dieses Geständnis entschlüpfte mir wider Willen und war von einem verlegenen Schweigen begleitet.

Ich versuchte zu scherzen: »Es steht dir sehr gut, Juju, mit kleinen rosa Flecken bedeckt zu sein.«

Ich fühlte, wie ich heftig errötete, als hätte ich selbst die Röteln. Ich hatte gelogen; Justus war entstellt durch die rosa Flecken.

»Komm morgen wieder, Riri!«

»Adieu, Just!«

Er rief mich zurück: »Hör mal! Kannst du für mich eines der verbotenen Bücher aus Mamas Bibliothek stibitzen? Und mach, daß du fortkommst, bevor dich die Häscher hier überraschen!«

Die verbotenen Bücher, auf die Just so versessen war, trugen seltsame Titel: »Das Geheimnis der Frau«, »Sexuelle Probleme«, »Heimliche Aphroditen«.

Man mußte wirklich das Einbrecherhandwerk beherrschen, um sich eines dieser unter Verschluß gehaltenen Bücher zu verschaffen. Aber aus Liebe zu Justus schien mir nichts zu gewagt.

Einige Tage später trug ich selbst die rote Zwangsjacke der Röteln. Nun meinerseits Gefangene, stattete Just mir Besuche ab. Er brachte mir Riesentüten voll Pralinen, jede einzeln in Silberpapier gewickelt. Die besten Sorten: Marquis und Suchardt.

Ich machte mir keine Gedanken über die Herkunft von Justs Reichtum, sondern nahm die Geschenke ganz einfach an. Er kletterte auf den hohen, dreistöckigen Kachelofen in meinem Zimmer hinauf. Ganz nahe der Decke öffnete er das Lüftungsrohr und schob das Paket hinein. Da der Ofen niemals geheizt wurde, diente er uns als Versteck.

»Und vor allem keine Unvorsichtigkeiten, Riri! Sei auf der Hut vor den Sträflingswächtern! Laß dich nicht erwischen, wenn du etwas von den Vorräten holst!«

»Du weißt doch, Just, daß ich dich nie verraten würde, selbst wenn sie mich ertappten.«

»Nein, nein, kleine Schwester, ich bin ein Mann und würde nie erlauben, daß du deine Haut für mich riskierst! Gib nur gut acht. Vorsicht ist besser als Nachsicht!«

Als ich schon fast wieder gesund war und nur noch im Zimmer bleiben mußte, kam eines Nachmittags unerwartet Bettina zu Besuch. Sie brachte mir die Aufgaben der vergangenen Woche, damit ich sie abschreiben konnte und nicht zurückblieb.

Erna war gerade mit Silberputzen beschäftigt. Das sicherte uns einige ungestörte Stunden.

Nach vier Uhr lief ich zur Haustür, sooft es läutete, um zu sehen, ob Just noch nicht von der Schule zurückkam. Ich brannte darauf, ihm meine Freundin vorzustellen und meine Begeisterung mit ihm zu teilen.

Als er eintrat, blieb er wie gebannt von so viel Blondheit auf der Türschwelle stehen.

Bettina ihrerseits stand ebenfalls unbeweglich da, völlig versunken in die Tiefe von Justs violetten Augen. Die zwei Kinder schienen sich wie mit Antennen zu befühlen, und ein elektrischer Strom lief von einem zum anderen. Die Wellen eines leidenschaftlichen Gefühls liefen durchs Zimmer, und sie trafen mich mit einem heftigen Schlag mitten ins Herz. Beide sahen mich nicht mehr, ich war vergessen. Sie waren wichtige Persönlichkeiten geworden, viel älter als ich.

Ich empfand dasselbe Schwindelgefühl wie an jenem Tag, als ich zum ersten Mal die »russischen Berge« auf einem Jahrmarkt emporgeklettert war.

Die beiden wurden allmählich immer röter. Besonders Just hatte die Farbe eines gekochten Krebses.

Ein tobender Schmerz durchzuckte mich. Zitternd vor Eifersucht stand ich da, verbrannt innen und außen.

Da traf mich ein unbeschreiblicher Blick meines Bruders. Ein demütigender, flehender Blick, der den Widerstand in meinem Herzen schmolz.

Ich hatte in einer Novelle von Adalbert Stifter gelesen, daß der Blitz ein kleines Mädchen blind gemacht hatte. Einige Zeit später gab ihr ein anderer Blitz, der den Heuschober, in den es sich vor dem Sturm gerettet hatte, traf, die Sehkraft wieder.

Dieser Blick eines Bettlers, der um Liebe flehte, öffnete die Schleusen meines Herzens. Ich wollte nicht mehr mit Just teilen, ich wollte verzichten, ihm meine Freundin ganz zum Geschenk machen.

Während vieler Monate, die dieser Begegnung folgten, wurde ich zum Liebesboten zwischen den beiden Kindern.

Ich brachte Bettina von Just getrocknete Blumen aus einem Glücksgarten: wilde Hyazinthen und Orchideen aus dem Botanischen Garten. Dann folgten die Schmetterlinge, die mein Bruder angeblich selbst gefangen und präpariert hatte. Vielleicht hatte er wirklich ein Pfauenauge oder einen Totenkopf gefangen, aber irisierende, brasilianische, emailleblaue Schmetterlinge konnte er nur im Traum gefangen haben, in den Netzen seiner Fantasie.

Ich hatte ihn in Verdacht, diese zarten Juwelen in Spezialgeschäften gekauft zu haben, denn er war unfähig, einen Falter zu töten. Jedesmal, wenn er einen gefangen hatte, gab er ihm die Freiheit wieder. Er hätte es nie fertiggebracht, ihre Köpfe mit einer chemischen Flüssigkeit zu übergießen.

Das gleiche galt für Goldkäfer und andere Skarabäen. Der Todeskampf eines Tieres brachte Just außer sich. Diese kleinen Geschenke der Natur waren jedesmal von mehr oder weniger geglückten Versen begleitet, die Bettina besonders zu schätzen schien.

Wir konnten uns niemals an den reichen Farben der Schmetterlinge sattsehen. Wir lernten die Reime auswendig, sagten sie auf und sogen den Duft der getrockneten Blumen ein. Und da Justs Fähigkeit, Bettina zu erfreuen, unerschöpflich war, fanden wir kein anderes Gesprächsthema mehr als meinen Bruder, Ritter ohne Furcht und Tadel, dem keine Gefahr zu groß war, um seiner Auserwählten vergängliche Freuden zu bereiten.

Vom Beginn bis zum verfrühten Ende dieser unschuldigen Liebe gebot ihr Gefühl Bettina, ihre erste Liebe vor ihrer Mutter geheimzuhalten.

Die vergiftete Taube

Wir hatten heimlich Tauben angelockt, die auf Justs Balkon kamen. Vorsichtig streuten wir ihnen Brotstücke hin. Der eine hielt Wache an der Tür, während der andere die Vögel herbeilockte. Dann reinigten wir sorgfältig den Balkon, damit die Spuren unserer Gäste uns nicht verrieten.

Die Tauben gehörten in den nahegelegenen königlichen Taubenschlag. Am rechten Fuß trugen sie einen goldenen Erkennungsring, und sie waren so zutraulich, als wären sie von uns aufgezogen worden. Fast alle fraßen uns aus der Hand. Jedesmal, wenn sie in unsere Handflächen pickten, empfanden wir den weichen Kontakt mit ihren Samtköpfchen wie eine köstliche Liebkosung.

Welche Glückseligkeit! Einmal das Recht zu haben, ein lebendiges Tier zu lieben, sich an ein kleines Wesen hinzugeben, das uns Vertrauen und Freundschaft schenkte. Wir brauchten nicht länger unsere Klassenkameraden zu beneiden, die einen Hund an der Leine hinter sich herzogen. Die Tauben gehörten uns; ihr zartes Gefieder, ihr Gurren, das Rauschen ihrer Flügel, die choreografischen Figuren, die sie in der Luft beschrieben, all das war unser Eigentum. Natürlich, in Mamas Augen wäre die Verliebtheit in diese Tiere ein Verbrechen gewesen. Denn die Tauben lenkten uns nicht nur von der Arbeit ab, sie beschmutzten auch noch den Balkon.

Während wir über unseren Hausaufgaben und Strafarbeiten saßen, klopften sie mit dem Schnabel an die Fensterscheiben. Um schneller schlucken zu können, setzten sie sich auf unsere Finger. Manchmal versuchten wir, sie an den korallenen Füßen festzuhalten. Sie waren uns nicht böse, daß wir eine Sekunde lang der Versuchung nachgegeben hatten, eine warme, zuckende Kreatur, in der ein Herz schlug, zu besitzen. Ja, dieses schien sie uns sogar noch näherzubringen.

Nein, wir waren nicht länger allein. Ein Dutzend Tauben verband uns mit dem Himmel, mit der Natur, mit fernen Horizonten.

Wenn unsere Vögel in unbekannte Fernen flogen, folgten ihnen unsere Augen voller Sehnsucht.

Just quetschte seine Nase an der Fensterscheibe platt und seufzte:

»Jede Nacht träume ich denselben Traum: Mir wachsen Flügel, und ich entschwebe in ein Land, aus dem kein Polizist mich zurückbringen kann. Riri, schau, die Einbeinige!«

Die Einbeinige war unser Liebling. Weil ihr ein Fuß fehlte, rührte sie uns ganz besonders. Die anderen Tauben, die ihre Schwäche und ihr Humpeln reizten, quälten sie unaufhörlich mit der den Vögeln angeborenen Grausamkeit.

Wir wußten nur zu gut, was es hieß, gequält zu werden. Deshalb verwöhnten wir die Einbeinige besonders. Sie erriet unser Mitleid, kam immer häufiger, begab sich sozusagen in unseren Schutz und duckte sich in einer Ecke des Balkons zur Kugel zusammen. Wenn sie uns ansah, hatte sie diesen seltsamen Ernst, diese starre Maske der Tiere, die nicht lachen können.

Eines Nachmittags, als wir von der Schule zurückkamen, fanden wir unseren Schützling tot vor dem Fenster: Die Einbeinige streckte den goldenen Ring an ihrem einzigen Fuß steif in die Luft. Auf dem Balkon lagen Weizen- und Maiskörner, die, wie wir sofort feststellten, eine seltsame Farbe hatten. Es waren Giftkörner.

»Armes Täubchen«, murmelte Just. Aus seinen großen blauen Augen tropften Tränen wie aus einem Rosenkranz.

Ich nahm die Taube, trug sie ins Zimmer und bedeckte sie

mit Küssen. Bald war ihr Gefieder so von meinen Tränen durchweicht, daß sie nur noch ein winziges, verklebtes Päckchen bildete.

»Es gibt ein Märchen, in dem eine verfluchte Hand aus dem Grab herauswächst«, sagte Just.

Seine Stimme hatte vor Zorn einen rauhen, männlichen Ton. Wütend fegte er mit seiner Hand den Rest der Körner vom Balkon, damit wenigstens die anderen Tauben verschont blieben.

Dann nahm er meinen Kopf in beide Hände und hob ihn zu sich auf. Von der violetten Iris seiner Augen sah man nur noch einen Punkt, so sehr weitete der Haß seine Pupille.

»Nicht weinen, kleine Schwester, wir werden sie begraben.« Die Aussicht einer so romantischen Zeremonie tröstete mich ein wenig.

»Wo denn, Juju?«

»Auf dem Friedhof natürlich! Es ist nicht weit bis dorthin. Was hast du heute um drei?«

»Handarbeitsstunde.«

»Du sagst der Lehrerin, daß du dich nicht wohl fühlst und um Erlaubnis bittest, heimgehen zu dürfen. Ich werde auch die Schule schwänzen, und wir machen der Einbeinigen eine feierliche Bestattung.«

Um drei Uhr brachte uns die Straßenbahn auf den Nordfriedhof.

»Du bist ja reich, Juju«, sagte ich erstaunt, als ich ihn einen großen Geldschein wechseln sah. Nun konnten wir eigentlich ausreißen, wir konnten so weit fortgehen, daß Mama uns nicht finden würde!

»Was für eine Göre!« Just lachte laut auf. »Du kennst das Leben nicht.«

Das Leben! Dieses Geheimnisvolle, Unbekannte, das die Erwachsenen das Leben nannten. Was nur verbarg sich dahinter?

Justus trug behutsam die Schuhschachtel, um die ein rosa Seidenband gebunden war und in der die tote Taube lag.

»Wie schade, daß Bettina nicht mit uns sein kann!« seufzte er.

Welch malerisches Golgatha war dieser Nordfriedhof! Das Beinhaus war nicht von Palmen und Zypressen umrahmt, sondern von Trauerweiden, Ulmen und Espen. Aus einem Gestrüpp von Brennesseln schossen Kaiserkronen und Königskerzen empor. Ein scharfer Geruch von Säure entstieg dieser Wildnis im Sommer. Im Herbst wucherten Büsche von Dahlien, Astern und Chrysanthemen dermaßen entfesselt durcheinander, daß man glauben konnte, sie nährten sich vom Saft der Kadaver. Die Fäulnis der Leichen steigerte wie Dünger die Fruchtbarkeit des Bodens.

Die Trauerweiden streiften majestätisch die Gräber. Ihre Wurzeln hatten die Steine gesprengt. Zwischen den Marmorplatten, die von kräftigen Efeustricken gefesselt und schließlich zerbrochen worden waren, zwischen Resten von Gebeinen und bloßgelegten Schädeln, wieder zutage geschwemmt, weil das Jüngste Gericht sich ankündigte, liefen Kinder hin und her. Ihre wilden Spiele brachen für einen Augenblick das Schweigen der Totenstadt und das Murmeln der Litaneien, denn eine Beerdigung fand gerade in einer der Seitenalleen des Friedhofes statt.

Denn so alt der Friedhof auch war, man begrub dort noch immer, und die Erde wurde Jahr um Jahr gewerbsmäßig meterweise parzelliert.

Die »provisorische Gruft« zog uns besonders an. Sie war verglast, denn man stellte gewöhnlich dort die Toten vom Vortag zur Schau. Da lagen Greisinnen, schön zurechtgemacht, in ihrem weißen Brautkleid, Männer in Fräcken und Kinder mit Blumenkränzen im Haar, wie für eine göttliche Krönung geschmückt.

Die Besucher gingen langsam durch die mit Mosaik gepflasterten Arkaden, hielten vor jedem Glasfenster wie vor einer Auslage still und tauschten ihre Eindrücke über Miene und Kleidung der Verstorbenen aus, ganz, als hätten sie es mit Schaufensterpuppen eines großen Warenhauses zu tun.

Im Sommer hatte ich in der kleinen Leichenhalle eines Dorffriedhofes schon einige Tote auf diese seltsame Art und Weise ausliegen sehen. Wenn ein Bergsteiger sich zu Tode gestürzt hatte – was während der Hochsaison des öfteren vorkam –, stellte man nur seinen Sarg aus. Die Dorfbewohner zog es dann zur Leichenhalle. Jeder suchte sich den schrecklichen Zustand des Opfers vorzustellen, die Verstümmelung seines Körpers hinter den vier Brettern. Dieser Brauch hatte zur Folge, daß die makabren Themen an Einbildungskraft zunahmen, daß sie begierig weiterentwickelt wurden ...

Just nahm mich bei der Hand:

»Da liegen Tote. Schnell fort von hier! Komm, du wirst dich fürchten!«

»Fürchten? Warum? Die Toten tun einem nichts Böses. Sie sind friedlich. Mit Erna hab ich viele in den letzten Ferien gesehen. Der Friedhof war ihr Lieblingsspazierweg. Laß uns ihnen einen Besuch machen!«

Wir betrachteten lange das Gesicht einer alten Frau, über das ein Schaum von weißem Tüll gebauscht war: Es war wieder zum Kindergesicht geworden. Neben ihr lag ein kleines Mädchen, das unter seinem Schleier der ersten Kommunion die Züge einer Greisin hatte. Das Wunder dieser Unbeweglichkeit, dieses majestätischen Schweigens erschütterte uns.

»Sie lächeln alle«, sagte Just. »Bald werde ich ihnen gleichen. Endlich werde auch ich das Recht haben zu lächeln.«

Brüderchen, daß ich dich an jenem Tage nicht verstand! Ich wußte, daß man an einer schweren Krankheit sterben kann, aber Justus war gesund. Also konnte er nicht sterben. Nein, ich begriff nicht die drohende Gefahr. Und hatte ich selbst nicht vor kurzem daran gedacht, in den Kanal zu springen? Ein Kanal ist vielleicht die letzte Zuflucht schwacher Mädchen. Aber Jungen kamen mir so viel überlegener vor. Besonders Justus, der älter war als ich und mir großen Respekt einflößte. Justus, der mich beschützte, konnte sich selbst gegen Mama wehren. Aus einem Jungen würde ein Mann werden. Dieses Gesetz des Lebens schien mir unumstößlich. Der Gedanke Justs an Selbstvernichtung war für mein Kindergehirn damals einfach nicht faßbar.

Wie könnte ein Junge, der neben einem geht, mit einer Schuhschachtel unter dem Arm, sterblich sein? Ein Wesen, das man liebt, das sprechen, lachen, weinen und laufen kann, ist für kindliche, beschränkte Voraussicht unsterblich. Das Glück, Justus um mich zu haben, würde nie enden. Ein Leben lang würde er so an meiner Seite gehen, mit oder ohne Schuhschachtel.

In einer stillen, verwahrlosten Ecke des Friedhofs öffneten wir die Schachtel und begruben die Einbeinige. Mit einer rostigen Kindersandschaufel spielten wir Totengräber.

»Jetzt werden die anderen Tauben sie nicht mehr quälen.«

Wie Just das sagte! Mit welch wehmütigem Verlangen: als neide er dem Tier seine Unantastbarkeit. Er nahm mich wieder bei der Hand, während wir das winzige Hügelchen betrachteten, unter dem einige Federn ruhten.

Mutter Schick

Mutter Schick war Oranies Tante. Sie betreute die öffentliche Bedürfnisanstalt, ein düsteres, vermauertes Tempelchen, das wie eine Schnecke an der Apsis der Marienkirche klebte.

Man hatte sie unter 214 Kandidaten ausgewählt, um ihr diese delikate Mission anzuvertrauen, weil sie die Witwe des Stadtangestellten Schick war. Sie regierte in dieser Hexenspelunke, die außer den Toiletten erster und zweiter Klasse noch einen Verschlag enthielt, der kaum größer war als ein Wandschrank, und der ihr als Wohn- und Schlafraum diente.

Kein Palast hat auf mich je einen größeren Eindruck gemacht als das Zwergenzimmer von Mutter Schick.

Mit ihrer zu großen Brille auf der Hakennase, eine halbmondförmige Warze auf dem spitzen Kinn, immer gebeugt und gekrümmt über ihre Strickarbeit, die für irgendeinen wohltätigen Zweck bestimmt war, glich sie trotz ihrer Maske einer wohltätigen Fee.

»Meine Augen ziehen sich mehr und mehr von der Welt zurück«, sagte sie mit der Stimme einer Verzauberten und lachte dazu dieses selige Lächeln, das ich auf den Gesichtern der Verstorbenen gesehen hatte.

In Wirklichkeit hatte das hohe Alter ihre magisch blauen Augen immer stärker in die Augenhöhlen zurückgedrängt.

Alle vierzehn Tage hatte Erna ihren freien Tag. Ihr Vormund hatte verfügt, daß sie zweimal im Monat zur Beichte ging. An Sonntagen, wenn meine Eltern mich nicht zufällig zu Verwandten mitnahmen, mußte Oranie mich zwei Stunden lang spazierenführen. Und während Oranie sich zu Herakles davonschlich, vertraute sie mich Mutter Schick an. Das war unter uns ein geheimes Abkommen.

Mutter Schick und ich hielten uns im Wandschrank-Zimmer auf. Ihre Stricknadeln klapperten wie ein Morseapparat. Zusammengekauert neben dem winzigen Ofen, lauschte ich der Sinfonie des Feuers.

Auf der rotglühenden Eisenplatte briet ein Apfel für mich. Aber oft vergaß ich, ihn zu essen. Oder, um genauer zu sein, ich aß ihn mit der Nase. Ich sog diesen starken und geheimnisvollen Duft von Erde, Saft und Sommer ein. Gewiß, es war der Geruch aller Bratäpfel, aber diese hatten ein besonderes Aroma, das ich später nie wieder gerochen habe.

Da saß Mutter Schick und arbeitete an einem kleinen Strickjäckchen für meine Puppe Melusine. Dieses Kleidungsstück schien nie fertig werden zu wollen, denn unaufhörlich seufzte der Acheron neben uns und zwang die arme Parze, die dazu verdammt war, über die unedelsten Gesten der Menschen zu wachen, ihren Wollknäuel fallen zu lassen. Und selbst wenn dieser Acheron schwieg, kam es vor, daß sie die Nadeln sinken ließ und »auf Reisen« ging, wie sie sagte. Eine Sekunde zuvor war sie noch da... Aber plötzlich war sie verschwunden. Sie schwebte in einem ihrer Tagträume fort. Völlig vergessen waren Strickzeug und die Kloake, die sie umgab. So völlig vergessen, daß sie die Stammgäste fragte: »Was wünschen Sie?«

Verloren in ihrem Traum, war sie allen irdischen Bedürfnissen weit entrückt. Sie schwebte in einer solchen Verzückung, daß in meiner Erinnerung nur der Ausdruck ihres Gesichts und kaum seine Form zurückgeblieben ist. Ich habe niemals wahrgenommen, was für Kleider Mutter Schick trug. Vielleicht waren es schmutzige Lumpen, vielleicht war es der Mantel einer Heiligen.

Diogenes in seiner Tonne muß ebenso glückselig und gemäßigt gewesen sein wie die Hüterin des armseligen Kabinetts der Ungezwungenheit.

»Horch!« Mutter Schick hob den Finger. »Die sieben Raben von Grimm fliegen pfeilschnell vorüber ...«

Das war zwar in Wirklichkeit nichts anderes als die Spülvorrichtung nebenan, die von einem Kunden gezogen wurde, aber wir hörten den Flug der Märchenvögel. Und wenn sich ein oder zwei Spülkästen aufs neue gurgelnd und ächzend mit Wasser füllten, deutete Mutter Schick das Geräusch mit den Worten:

»Horch! Eulen! Sie rufen und antworten sich in Terzen wie im tiefen Wald meiner Kindheit.«

Die Philosophie des Elends ist manchmal voller Einbildungskraft. Wenn Mutter Schick einen der Toilettensitze reinigte, kam es mir vor, als polierte sie einen Thron. Sicher leistete sie ihre Dienste nicht als Söldnerin: Wie ein guter Samariter half sie wohlwollend allen jenen, die die Natur bei ihr stranden ließ. Majestätisch erhob sie sich, drehte sich nach mir um, und während es fürchterlich durch die halbgeöffnete Tür roch und die Eiskälte des Winters von draußen hereinzog, überzeugte sie mich:

»Warte auf mich, Riri, im verwunschenen Garten der Prinzessin Rotherz, und halte unseren schönen Streithengst Blitz fest am Halfter! Nähr ihn mit Rosenblättern und mit allen Liedern, die du auswendig weißt, damit ich ihn, wenn ich zurückkomme, am selben Platz wiederfinde.«

Ich hielt Mutter Schicks Blitz am Halfter oder vielmehr klammerte ich mich mit allen Kräften an seine Flügel.

»Blitz!« rief ich aus. »Blitz, wie ich dich liebe, du Pferd mit Engelsflügeln! Du hast mich schon durch viele Länder Merlins getragen. Wir galoppierten über die schwierigsten Wolken hinweg. Unter deinen Smaragdhufen sprühten Sternenfunken hervor ...«

Die Tür öffnete sich. Mutter Schick kam zurück und lächelte weise:

»Halt ihn fest, Riri! Einzig und allein Blitz ist wirklich, und alles hier, was uns umgibt, ist nur Illusion.«

Schnell warfen wir uns wieder in den Sattel unseres wunderbaren Hengstes, der uns in den Äther entführte.

»Mutter Schick«, flehte ich, »laß Blitz niemals sterben! Alle Gestalten deiner Märchen sterben. Aber den Tod von Blitz könnte ich nicht ertragen.«

»Mein Kind, Blitz ist unsterblich. Er hat die goldenen Flügel seiner Mutter Gorgo, der Meduse, geerbt. Erinnerst du dich? Ein Pferd mit goldenen Flügeln kann nicht sterben!«

Mutter Schick hatte sich aus besseren Zeiten, als sie noch die Gattin des Stadtangestellten war, einige Bildungsreste bewahrt.

»Ein so göttliches Pferd kann nie einen irdischen Tod sterben«, wiederholte sie.

»Aber Falada, dem sprechenden Pferd, hast du doch auch den Kopf abschlagen lassen...«, warf ich ein.

»O Riri!« Mutter Schick warf ihre Arme in die Luft, als wären ihre Hände leer, so daß das Strickzeug mitsamt dem Wollknäuel auf dem Boden dahinrollte.

»O Riri! Hast du denn kein feineres Gehör? Wenn du deine Ohren spitzen würdest, könntest du das Gelächter und Gespräch der Pferde, Vögel und Schmetterlinge hören! Und wer sagt dir, daß die Toten tot sind? Sie leben viel wirklicher, viel intensiver als all diese fahlen Wesen, die sich wie blinde Maulwürfe ihr Loch in die Zeit wühlen. Weil du Falada liebst, lebt dieses Pferd. Und solange du ihn zärtlich liebst, wird er leben. Die Unsterblichkeit der anderen hängt von uns ab...«

Ich starrte auf Mutter Schicks Augen, um zu verstehen, aber leider begriff ich nicht das Geringste... Ich sah den abgeschnittenen sprechenden, ans Stadttor genagelten Kopf Faladas. Und das tat mir unsagbar weh. Meine Fantasie mochte noch so groß sein, sie vermochte nicht den Kopf des Vollblutpferdes wieder auf seinen Hals zu kleben. Vielleicht konnten echte Gläubige so etwas, aber ich verstand davon nichts, weil ich in der Schule vom Religionsunterricht befreit war.

Übrigens hatte ich keine Zeit mehr, Fragen zu stellen. Oranie stürzte schweißgebadet, mit glührotem Gesicht herein.

Wir rannten im Laufschritt nach Hause. Ich fühlte meine Füße schwerer und schwerer werden ...

Er war zu Ende, der Ritt durch die Wolken. Blitz hatte mich von seinem Rücken abgeworfen ... ein sinnbildlicher Sturz.

Ich lag wieder auf der Erde: mit zerbrochener Seele.

Der Eiserne Ritter

An den Abenden, an denen Mama nicht ausging, mußten wir nach dem Essen am Tisch sitzenbleiben, um »gute Manieren« zu lernen: Das heißt, wir hatten uns steif und kerzengerade auf unseren Stühlen zu halten, in zwanzig Zentimeter Abstand vom Tisch. Es war strengstens verboten, sich auf seine Ellenbogen zu stützen.

»Benehmt euch, als wenn wir Gäste hätten«, kommandierte Mama. Die Augen fielen mir von allein zu. Nur mit größter Anstrengung vermochte ich, sie offen zu halten, indem ich auf eine Seite meines Geographiebuches starrte, das aufgeschlagen vor mir lag. Die Kontinente begannen zu wackeln, gerieten durcheinander. Der italienische Stiefel schwamm im Roten Meer, und Nordamerika emigrierte nach Europa.

Ich war trunken vor Müdigkeit. Langsam rutschten meine Arme nach vorn auf den Tisch, bildeten schließlich ein weiches X, auf das mein Kopf hinunterglitt. Ich schlief sofort ein. Aber ebenso schnell rüttelte mich Mama auf:

»Willst du dich wohl zusammennehmen, Clarisse! Ist das der Respekt, den man seinen Eltern schuldet? Würdest du dich so unschicklich benehmen, wenn wir Tischgäste hätten? Und du, Jo, sagst du nichts? Du nimmst ganz einfach alle Ungehörigkeiten hin!«

»Ja, was willst du denn, daß ich sagen soll?«

»Donnerwetter, welch ein Pädagoge! Hast du das Sprichwort vergessen: soviel Kinder, soviel Feinde?«

Papa zuckte die Achseln und schien sich noch mehr in die Politik seiner Zeitung zu vertiefen.

Just las mit lauter Stimme ein Kapitel aus seiner französischen Grammatik. Man hörte ihn herunterleiern:

»Forme passive, subir une action. Exemple: je suis battu. Ne pas confondre la forme passive ›je serai battu‹ avec la forme active: ›je battrai‹.«

Er schielte vorsichtig zu Mama hinüber und fuhr lauter und kräftiger fort: »Quand battrai-je? Plus tard! Quand suis-je battu? Maintenant. Je subis l'action qu'exprime le verbe battre, je ne l'accomplis pas ...«

»Lerne deine Lektion leise«, befahl Mama gereizt.

Ihr schien es, als benutze ihr Sohn, dessen Augen pausenlos Blitze von Haß und Auflehnung schleuderten, den Grammatiktext dazu, sie zu bedrohen.

Während Just ebenso von seiner Grammatik wie ich von meiner Geographie gefesselt zu sein schien, belauerte er Mama, die sich damit die Zeit vertrieb, Goldstücke in ihre kleine Kassette aus Malachit gleiten zu lassen. Sie nannte dieses Spiel »Abrechnung halten«.

In der letzten Zeit fehlte immer Geld in ihrer Kassette. Nervös kaute Justus an seinen Fingernägeln. Ich stieß ihn unter dem Tisch mit dem Fuß an, denn wenn Mama ihn überraschte, würde sie seine Fingerspitzen mit Jod bepinseln.

Papa sprang plötzlich auf:

»Ah, beinahe hätte ich es vergessen ... mein Club ... entschuldige, meine Liebe ... gute Nacht, Kinder.«

Voller Angst hörte ich Papa die Haustür zuschlagen. Ohne seine Anwesenheit wurde Mamas Regiment noch uneingeschränkter. Wenn ein Mann zugegen ist, hat man wenigstens die Illusion eines Schutzes.

Mama trug ihre Malachitkassette in den Salon nebenan – einen übergroßen Raum, vollgestopft mit Messing- und Kupferzeug, mit alten Säbeln und Pistolen, mit auf Marmorsockeln stehenden Büsten. Mama wußte, daß dieser große

Salon mir wie der Schlupfwinkel von Phantomen erschien. So hatte sie sich denn an diesem Abend ausgedacht, den Salon zu verlassen, ohne das elektrische Licht auszuschalten.

»Clarisse, willst du bitte in den Salon gehen und den Lichtschalter herumdrehen?«

Justus sprang ritterlich von seinem Stuhl auf.

Mama nagelte ihn mit ihrem Blick fest:

»Habe ich dich gebeten aufzustehen? Lerne deine Grammatik, du Faulpelz! Du bist hinter allen deinen Kameraden zurück. Sicher wirst du noch dieses Jahr sitzenbleiben. Es würde mich nicht wundern, wenn du auf der Strecke bleibst, du Schande der Familie!«

Just sah Mama mit einem so glückstrahlenden Ausdruck an, als habe sie zu ihm gesagt: »Mein kleiner Liebling, wie fleißig du bist! Ich bin sicher, du wirst es noch zu etwas bringen.« Just hatte nämlich die Gewohnheit, sich Verse aufzusagen, während Mama zankte.

»Verse schmieden ist eines seiner Laster«, hatte Mama erklärt. Wehe ihm, wenn sie auf einem Löschblatt, auf dem Rand eines Notizbuchs, auf Straßenbahnfahrkarten oder auf aus Schulheften herausgerissenen Seiten seine Kritzeleien entdeckte.

»Nun, Clarisse, soll das elektrische Licht bis zum Jüngsten Gericht brennen?«

Ich nahm allen Mut zusammen und betrat den großen Salon. Solange das Licht brannte, war es nicht zu unangenehm, ihn zu durchqueren. Aber wie ein abgekartetes Spiel hatte Mama ausgerechnet jenen Schalter »vergessen«, der sich an der gegenüberliegenden Wand befand. Zitternd sah ich mich schon in der Dunkelheit zurückgehen.

Welch ein sonderliches Museum war dieser Salon! Alles darin war verschnörkelt und eingeschnürt, vom Leuchter an der Decke bis zu den scheußlichen Nippessachen in den Vitrinen. Das Sofa, weit davon entfernt, einem Ruhe anzubieten, bedrohte einen mit bronzenen Trophäen, die, symmetrisch angeordnet, auf einem Regal darüber standen. Tanzende Jungfrauen im Jugendstil hielten sich umschlungen. Bronzeblumen, die einzigen, die bei uns geduldet wurden, bildeten stilisierte Sträuße.

Über den Regalen einer Vitrine wanden sich Schlangen, die einen fürchterlichen Rahmen für die Bilder meines Onkels, des »Generals«, bildeten. Man konnte ihn zu Pferd bewundern, zu Fuß, vor seinen Truppen, mit vor Medaillen starrender Brust. Er posierte allein, übergroß, auf einem strategischen Hügel während eines Manövers sah er martialisch aus.

Jedesmal, wenn mein Blick auf eines dieser Bilder fiel, dachte ich: Ist es denn möglich, daß dieser abgelegte Plunder einst ein menschliches Wesen bedeckt hat? Daß dieser kriegerische Schnurrbart einen wirklichen warmen Mund verbarg?

Eine gigantische, düstere Anrichte auf schweren, handgedrehten Säulen, von denen jede einzelne sich aus einer Anzahl von handgedrehten Nudeln zusammensetzte, bedeckte eine ganze Wand.

Sie war mit charakteristischen Gegenständen der Gegenwart geschmückt: in Totenköpfe verwandelte Bierkrüge, ein monumentales Heidelberger Faß aus Steingut, Gruppen von sentimentalen Schäfern, ein nie gebrauchter ziselierter Samowar, Vasen aller Art. Sportliche Bronzegestalten schmückten massive Armleuchter, um deren Füße andere, kleinere Geschmacklosigkeiten herumstanden.

Eine etwas modernere Venus krümmte sich unter heftigen Koliken auf einem Ständer aus Marmor. Sie stand in der Nähe des Eisernen Ritters, der in der Ecke gegenüber Wache hielt.

Diese mittelalterliche Rüstung war das Schreckgespenst unserer Kindheit. Man konnte sie an den Seiten mit Scharnieren öffnen und schließen. Von Zeit zu Zeit sperrte man uns dort hinein. Das heißt, Just protestierte so heftig gegen diese Folter, daß Mama seit längerer Zeit schon nicht mehr gewagt hatte, sie ihm aufzuerlegen. Die Zehen in den eisernen Schnabelschuhen, die Arme gegen den Brustharnisch gepreßt, versuchte ich mit vielen Drehungen, den eisigen Kontakt mit dem Panzer und den Beinschienen zu vermeiden. Aber gewöhnlich verließen mich bald meine Kräfte, und ich fiel gegen das Eisen, daß es ächzte und seufzte, als wäre es noch von der Seele des Ritters, der es einst getragen hatte, bewohnt. In diesem metallenen Verlies, doppelt von Rost und Grünspan umschlossen, schien ein fürchterliches Echo auf die verwirrten Schläge meines Herzens zu antworten.

Ich verdanke dem Eisernen Ritter die schauerlichsten Visionen meiner Kindheit. Er war weniger eine starre Rüstung als ein aufgerichteter teuflischer Metallsarg.

Zu jener Zeit reichte mein Kopf bis zu seiner Brust. Wurde ich in den Panzer eingeschlossen, so gesellte sich zu meiner Panik wegen der Dunkelheit die entsetzliche Furcht, in dem grausigen Sarkophag vergessen, lebendig begraben zu werden.

Freilich, durch die hämischen Sehschlitze des Helmritters drang Luft ein, aber ich bildete mir ein, daß die eiserne Faust mir einen Knebel auf meinen Mund drücke. Jedesmal starb ich einen kleinen Tod: Es war eine tragische Vorbereitung auf den großen.

Gezwungen, mich im Dunkel durch den Salon zurückzufinden, wurde mir bereits bei den ersten Schritten schwindlig. Ich drückte auf den Schalter, das Licht ging aus. Da! Ein Blitz zuckte durch die Finsternis. Hatte die eiserne Hand ein Streichholz entflammt? Ich konnte weder vorwärts- noch rückwärtsgehen. Ein fahler Schimmer schoß aus der Rüstung hervor, als versuche ein Innendekorateur mit schlechtem Geschmack Beleuchtungseffekte. Die Rüstung bewegte sich, kein Zweifel: Der Ritter kam auf mich zu. Die seit langem in mir angestaute Angst machte die Rüstung zum Krieger. Die Geschichten von Mutter Schick trugen ihre Früchte. Die Männer im Mittelalter hatten ähnliche Rüstungen, wenn sie töteten. Ein Mörder, ein Mörder kam auf mich zu.

Ganz wirr vor Schrecken, schrie ich auf: »Hilfe! Ein Mörder!«

Mama stürzte herein. Sie suchte den Verbrecher im ganzen Zimmer. Dann nahm sie mich sanft an der Hand und führte mich vor den Eisernen Ritter, der im Licht zu altem Eisen geworden war.

»Ich werde dich lehren, uns Angst einzujagen!« schrie Mama, und sie stürzte mich in den Abgrund der Finsternis. Sie schloß die Rüstung zu und löschte das Licht.

Es war das erste Mal, daß ich nachts in dem Ritter gefangen war. Wenn es auch immer dunkel darin gewesen war, so drangen doch tagsüber einige Lichtstreifen durch die Spalten ein. Jetzt aber würgte mich eine hermetische, bleierne Schwärze. Zwar hatte ich die Augen fest geschlossen, um das Dunkel nicht sehen zu müssen, aber die Nacht drang durch Ohren, Nase und Mund in mich hinein.

Ich zitterte so stark, daß der Ritter scheinbar zu tanzen begann. Das Eisen klirrte, schlug den Takt meines Entsetzens. Die Angst, von der man mich heilen wollte, warf mich bald gegen die Brust, bald gegen den Rücken dieses Spuks.

Es war nicht das Eisen, das mich erdrückte, es war die Furcht.

Als Mama mein Gefängnis wieder öffnete, fiel ich dem Ritter in meiner ganzen Länge zu Füßen. Ich war ohnmächtig geworden.

Als ich wieder zu mir kam, war das erste Wort, das ich hörte: »Simulantin, Simulantin...«

Immerhin, von jenem Tag an sperrte sie mich nie wieder in die furchtbare Rüstung.

Großmutters Geburtstag

Ich war sieben Jahre alt. Welch ein Tag stand uns morgen bevor! Großmutters Geburtstag.

In seinem Matrosenanzug aus weißem Flanell mußte mein Bruder unbeweglich im großen Salon stehen, um den Anzug nicht zu zerknittern oder schmutzig zu machen. Seine unglücklichen Augen schienen dem Gesicht eines fremden Justus zu gehören, der in einem viel zu neuen Kleidungsstück eingesperrt war.

Mir war es untersagt, den Kopf zu bewegen, damit meine langen roten Locken nicht aufgingen.

Unser guter Kutscher Anton half mir beim Einsteigen in die Kutsche, während ich die zahllosen, gestärkten Volants meines Spitzenkleides hochhob. Ich setzte mich, steif wie eine Gliederpuppe. Nur meine Zähne klapperten, denn ich wußte, was mich erwartete.

Seit acht Tagen hatte Mama das französische Glückwunschgedicht mit mir einstudiert; es war einem Almanach entnommen, und die Zeilen reimten sich: Herz auf Schmerz.

Großmutter hielt darauf, daß ein Kind der guten Gesellschaft sich anläßlich solch festlicher Gelegenheit französisch ausdrückte. Das Gedicht begann so:

> Grand'mère tendrement chérie
> Voici le jour le plus beau de ta vie ...

Und es endete mit:

> Que jamais la douleur
> N'envahisse ton coeur,
> Que tu vives longtemps
> Dans le cercle de tes enfants!*

Ich hatte es so weit gebracht, automatisch die Strophe herunterzuleiern, aber mein Unterbewußtsein verwechselte die Zeilen des mir unwahr erscheinenden Textes. Schon der Beginn: »Zärtlich geliebte Großmama ...« war, wie mir schien, eine so falsche Anrede, daß ich sie jeweils in größter Hast aufsagte. »Zärtlich gehaßte Großmama« hätte es heißen müssen. Diese Fassung hatte Just erfunden. Und am Ende des Gedichts hatte sein spöttischer Geist die Worte vertauscht, die guten in böse Wünsche verwandelt:

> Que toujours la douleur
> Envahisse ton coeur ...**

Wie ganz anders dagegen Großvaters Geburtstag, für den ich eine heimliche Leidenschaft hegte, weil er ein echter Adliger war, immer abweisend und unnahbar und von einer grenzenlosen Verachtung für seine »Familie« erfüllt. Für seinen Geburtstag hatte Just ein Gedicht gemacht, das ich mit Begeisterung rezitierte, so sehr liebte ich es:

> L'oiseau de l'aube a flûté
> Dans le pré de primevères:
> »C'est la fête de Grand'père!«
> J'ai cueilli ce gros bouquet

---

* »Zärtlich geliebte Großmama, dieses ist der schönste Tag deines Lebens ... Daß nimmer Schmerz fülle dein Herz, daß du lange lebest im Kreise deiner Kinder!«
** »Daß immer Schmerz fülle dein Herz ...«

De sourires et d'oeillets
Dans un manteau de fougères.
Cherche! Une invisible fleur
S'est caché à l'intérieur:
C'est peut-être bien mon coeur!*

Die Hufeisen unserer Pferde schlugen auf das Pflaster auf. Ich liebte die beiden Tiere sehr, die meinem Herzen näher waren als manche Menschen, besonders Buzephalus, das isabellfarbene Pferd, an dessen Hals geschmiegt ich mich oft ausweinte... An diesem Festtag nun wünschte ich mir, daß Buzephalus scheuen oder stürzen würde! Mama behauptete, Buzephalus habe alle Laster – er konnte sie nämlich nicht leiden –; er sei mißtrauisch, störrisch und nachtragend. Warum zum Teufel brannte er jetzt nicht durch und vereitelte so unsere Ankunft bei Großmutter? Oder konnte uns nicht ein anderer Wagen rammen, ein Rad entzweispringen... kurz, gab es keinen Gott, der Wunder geschehen ließ?

Bebend hörte ich das mit hohler Stimme ausgerufene: »Hü, Bubu!«, mit dem Anton Buzephalus anspornte, und das Stöhnen der Wagenachsen, die sich seufzend der Vorwärtsbewegung der Kutsche zu widersetzen schienen. Die Pferde schienen ein unsichtbares Hindernis zu wittern: meine Angst. Plötzlich bäumte Buzephalus sich vor diesem unsichtbaren Hindernis auf, entriß sich der Hand des Kutschers und ging durch. Aber Anton, der ein Leben lang mit Pferden umgegangen war, bändigte ihn schnell und zwang ihn wieder in seinen Trab.

Nein, meine Angst brachte es nicht fertig, die Räder in die Vergangenheit zurückzudrehen. Unabwendbar rollten sie

---

* »Das Vöglein flötete vor Tau und Tag/Auf der Wiese von Primeln bedeckt:/›Heute ist Großvaters Namenstag‹!/ So pflück' ich ein großes Bukett/Von Lächeln und Nelkenblüten,/Von einem Mantel aus Farnkraut behütet./Suche! Eine unsichtbare Blume/Hat sich darinnen versteckt:/Vielleicht wird dir so mein Herz entdeckt!«

der schlimmen Zukunft entgegen, Großmutters satanischem Gesicht, dem übelgesinnten Konzil des Familienkreises.

»Clarisse, du scheinst abwesend zu sein! Beschäftigt dich dein Geburtstagsgedicht so sehr?«

»Ja, Mama.«

Als wüßte sie nicht, daß mich nicht das Geburtstagsgedicht befangen machte, sondern die düstere Sippschaft.

»Steh auf! Halte dich mit einer Hand am Sitz fest und wiederhole deinen Text!«

Ich gehorchte. Klammerte mich an dem Türgriff fest. Durch die Stöße des Wagens und die Schläge meines Herzens von rechts nach links geschüttelt, begann ich:

»Grand'mère tendrement chérie ...« Mama unterbrach mich:

»Langsamer! Feierlicher!« Ich suchte Hilfe in den schalkhaften Augen meines Bruders, spürte ich doch seine ritterliche Hilfsbereitschaft. Großmütig übertrug er auf mich die Kraft, über die sein elfjähriger Körper verfügte. Mit etwas mehr Zuversicht begann ich von neuem. Ich leierte alles herunter, so schnell ich nur konnte, zitterte aber davor, die Worte der letzten Verse zu verwechseln: »Daß nimmer Schmerz fülle dein Herz ...«

»Mehr Feuer! Mehr Überzeugung!« kritisierte Mama. »Fang wieder von vorne an und zerknülle nicht dauernd das Ende deines seidenen Gürtels! Beide Enden sind schon ganz zerknittert. Was wird die Familie sagen, wenn sie dich in solchem Aufzug ankommen sieht?«

Die Wagenachsen seufzten herzzerreißend: »Groß-mutter... Teufels-futter«, wie in einem der Märchen von Mutter Schick. Dann hörte ich die Peitsche laut knallen, obgleich Anton sie nur mit größter Sanftmut gebrauchte. Jeder Peitschenknall ging mir unter die Haut. Wußte ich doch nur zu gut, daß die Peitsche am Abend dieses Festtages in Wirklichkeit auf mich niedersausen würde. Wieder sagte ich mir das Gedicht so verwegen wie möglich auf:

O noble aïeule, au cœur ensoleillé,
Nous regardons vers toi, fiers et émerveillés...*

Meine Ohren brummten von dem schrillen Peitschenknall.

»Wir sind bald da, Clarisse. Lerne die Worte. Du ziehst die Verse in die Länge wie Kuchenteig. Sage sie schneller auf! Denk an die Freude, die du Großmutter machen wirst!«

Mama war großartig gelaunt, denn sie war jetzt sicher, sich auf dem »Fest« nicht zu langweilen. Ich würde schon für Zerstreuung sorgen.

Wie einem Läufer vor dem Ziel ging mir der Atem aus.

»Immer... Nimmer... immer...«, diese beiden Worte verloren jeglichen Sinn in meinem Kopf.

»Daß immer Schmerz...«

Sofort brannten meine Wangen unter Mamas Hand. Auf die beiden ersten Ohrfeigen folgten noch zwei, und wieder zwei, denn Mama beruhigte sich erst nach einem halben Dutzend.

Rot wie eine Mohnblume kam ich bei Großmutter an.

Wie auf den Geschmack gekommen, kommentierte Mama: »Wenigstens hast du jetzt gesunde Farben. Ich brauche mir nicht wieder anzuhören, daß du wie eine Bleichsüchtige aussiehst. Jetzt weißt du, was dich erwartet, wenn du den geringsten Fehler machst oder steckenbleibst.«

»Ja, Mama.«

»Lächle bitte etwas mehr!«

Anton nahm mich mitleidig in seine Arme, um mir aus dem Wagen zu helfen; zärtlich drückte er mich an seine nach Pferdestall riechende Kutscheruniform, unter der sein Bauernherz empört schlug.

Alles Weitere spielte sich blitzschnell ab wie bei chirurgischen Operationen.

---

* »O edle Ahne mit dem Herzen voll Sonne/Auf dir ruhn unsere Blicke mit Stolz und mit Wonne...«

Eine Sekunde lang hielten sich meine Augen noch am japanischen Schirmständer in der Diele fest.
Niemals konnte es genug für so viele Schirme regnen!
Und schon stand ich im Salon zwischen den strengen Renaissancemöbeln wie vor dem höchsten Gerichtshof. Mit laut hörbarer Stimme begann ich meine glühende Liebe zu Großmutter zu bekennen: dieser Großmutter, von der Mama ihre Erziehungs- und Foltermethoden übernommen hatte!
Wie ein Großinquisitor fixierte diese Ahnfrau mich durch die Gläser ihres Lorgnons. Ihr Kiefer erinnerte mich an den Rachen des Wolfs, der Rotkäppchen auflauert, wie ich in einem Bilderbuch gesehen hatte.
»Grand'mère tendrement chérie...«
Ein beifälliges Murmeln lief durch den Raum. Es kam von den falschen Gebissen meiner Tanten her. Welche Hochstimmung!
Ich hörte mich rezitieren, wie man einer fremden Person zuhört. Aber ich machte keinen Fehler, blieb nicht stecken. Wie Nektar flossen die Worte von meinen Lippen.
»Die Kleine hat Talent... Welch ausgezeichnete Diktion... ergreifend...«
Die heuchlerischen Schmeicheleien konnten mir nichts anhaben. Mama hatte mir eingeschärft, Großmutter während meines Vortrags nicht aus den Augen zu lassen. Sie dachte, dieser Anblick genüge, um mich der Worte zu berauben. Aber es geschah nichts dergleichen.
Sollte sie sich verrechnet haben? Sie hatte sich umsonst darauf gefreut, ihrer Mutter durch meine unfreiwillige Vermittlung einen Hieb zu versetzen... und damit die Familie zu zwingen festzustellen, daß ich ein hoffnungsloser Fall war!
Mama räusperte sich gereizt. Dieser Laut war erschreckend inmitten der Stille. Ich näherte mich dem größten Hindernis, den beiden verhängnisvollen Gedichtzeilen.
Mama räusperte sich noch stärker mit einem Ton der Irri-

tation. Instinktiv erriet ich, daß ich ihr durch meinen Erfolg die Freude an dem »Fest« verderben würde.

Ja, wenn ich triumphierte, würde ich noch grausamer bestraft werden, als wenn ich scheiterte. Ich kannte Mama nur zu gut. Ein Vorwand würde sich immer finden. Wozu mich also taub stellen, da sie sich meiner bedienen wollte, um die Familie zu ärgern, diese scheußliche Familie, in der jeder jeden haßte, in der jeder jeden verleumdete, um schließlich ein berechnendes und feiges Wohlwollen vorzutäuschen.

Eine abgründige Freude hellte die bösen Mienen meiner Tanten auf, als sie aus dem Mund eines Kindes, mitten in einer Geburtstagsfeier, diese Worte vernahmen:

»Daß immer Schmerz
Fülle dein Herz...«

Strafaufgaben

Immer wenn der Mittwoch und der Samstag nahten, jene Tage, die den schulfreien Nachmittagen folgten, war ich von panischer Angst erfüllt, so, als seien diese beiden Tage mit einem Unglückszeichen im Kalender vermerkt.

Mochte das Wetter auch noch so strahlend sein, für mich waren dies finstere Tage. Draußen in den Parks und öffentlichen Spielplätzen tummelten sich die Kinder. Ihre Drachen stiegen in den Himmel. Sie stellten sich auf ihre Fußspitzen, und es fehlte nicht viel, daß sie selbst davongetragen wurden, so leicht, wie sie waren. Sie liefen mit dem Wind und ihren Reifen um die Wette. Sie berauschten sich an ihrer eigenen Schnelligkeit. Sie warfen bunte Bälle in den Himmel und erlebten staunend, daß ein Engel sie in ihre kleinen Hände zurückwarf.

Da fischte einer mit einem Netz den unwirklichen Schmetterling aus der Unendlichkeit. Dort bauten die Kleinsten im Sand ihre ersten Bauwerke.

Alle Kinder wurden geliebt. Alle empfingen Zärtlichkeit, Güte, Sonne und Freude, die sie stärkten und sie schneller wachsen ließen als etwa Lebertran.

Und während die anderen Kinder vor Lebensfreude jubilierten und sich vor Glück heiser schrien, mußten Just und ich an diesen schulfreien Nachmittagen von zwei bis sieben Uhr vor unseren Heften sitzen. Mama hatte uns mit »Strafarbeiten« überhäuft.

Freilich, ein wenig schwindelten wir mit ihren Anweisungen, denn wenn Mama ausgegangen war, konnte sie uns nicht erwischen. Um nichts in der Welt hätte sie ihre »Jours fixes« in den Salons versäumt, in denen man ganze Wagenladungen von Mandelpastete und ganze Kirchen von Schokoladeneis servierte.

Wir amüsierten uns dann damit, in unseren Bilderbüchern zu blättern. Manchmal spielten wir auch Fangen, natürlich mit größter Vorsicht, um nicht auf dem blankgebohnerten Parkett auszurutschen und hinzufallen. Wehe uns, wenn wir uns verletzten!

Einmal war ich auf der Straße in einen Steinhaufen gefallen, und einige Kiesel hatten meine Knie aufgeschürft. Ich war über den Lieferanteneingang nach Hause geschlichen. Oranie hatte die Wunde heimlich ausgewaschen und sie unter einem fleischfarbenen Pflaster versteckt. Um mich nicht selbst zu verraten, bot ich alle Kraft auf und versuchte, nicht zu hinken. Oranie zahlte von ihren Ersparnissen den Kunststopfer, denn das Loch in meinem Strumpf wäre Mama viel wichtiger gewesen als das in meinem Knie und hätte schlimme Folgen nach sich gezogen.

An jenem Nachmittag gebrauchte Just eine Feder mit zwei Spitzen, die er in einem Zeichenladen gekauft hatte, und füllte damit zwei Zeilen gleichzeitig aus. Ich konnte mich leider nicht ihrer bedienen. Es war mir schon schwer genug, eine einfache Feder richtig zu halten. Diese zog meine Finger dahin und dorthin und beschrieb die sonderbarsten Arabesken. Sie führte eher mich als ich sie. Mochte ich auch den Zeigefinger noch so sehr in einen spitzen Winkel krümmen und ihn so stark drücken, daß er blau anlief, die Feder spazierte trotzdem, wohin sie wollte. Ich konnte die Abstände noch nicht einhalten. Und zu allem Unglück stand ich mit dem I-Punkt auf Kriegsfuß.

Um mir diese erste Wahrheit einzutrichtern, daß der I-Punkt zum i und nicht zu anderen Buchstaben gehört, hatte Mama mich dazu gezwungen, fünfzigmal zu schreiben:

»Ich bin ein schreckliches kleines Kind.«

Ein lehrreicher Satz, denn er enthielt den kleinen kostbaren Buchstaben i fünfmal!

Diese Übung sollte ein für allemal dem Konflikt zwischen meiner Feder und dem I-Punkt ein Ende setzen.

Wir saßen also artig an unseren Schreibpulten und formten unsere Buchstaben mit vor Eifer heraushängenden Zungen. Während ich das Papier mit: »Ich bin ein...« und so weiter bedeckte, schrieb Just: »Ich soll nicht lachen.«

Mama hielt es für nützlich, ihn diesen kurzen Satz fünfhundertmal schreiben zu lassen. Mit der zweispitzigen Feder war dieses nur zweihundertfünfzigmal nötig. Gegen Ende seiner Lektion gönnte Just sich eine kleine Ruhepause und begann, in einem in der Schulbibliothek entliehenen Buch zu lesen, dem »Dschungelbuch« von Kipling.

Jedesmal wenn Erna das Zimmer betrat, um nach uns zu sehen, schob Just das Buch wie ein Kissen unter sich.

Dann machte er zu allen Worten auf meiner ersten Seite die fehlenden I-Punkte. Er hatte mir tatsächlich geraten, keinen einzigen selbst zu setzen. Während er meine Is vervollständigte, sagte er gönnerhaft:

»Spiel inzwischen mit Melusine.«

Melusine, meine geliebte Puppe, die mir dauernd weggenommen wurde, um mich zu strafen! Mama warf sie in einen Schrank, und dort blieb sie ungefähr einundfünfzig Wochen des Jahres. Schließlich durfte ich sie nur an meinem Geburtstag, zu Weihnachten und zu Ostern im Arm halten, an jenen besonderen Tagen, an denen es keine Schläge gab. Ab und zu nahm ich sie trotz des Verbotes aus dem Schrank, drückte sie an mein Gesicht und flüsterte ihr all das zu, was ich mit lauter Stimme nicht zu sagen wagte. Dann öffnete sie ihre Puppenaugen und sah mich verständnisvoll an.

Erst gegen sechs Uhr kehrten Just und ich zu unseren Schreibheften zurück. So konnte Mama sich selbst überzeugen, daß Just wirklich fünf Stunden damit verbracht hatte, »Ich soll nicht lachen« zu schreiben, während ich in einem gut gewählten Satz die Kunst erlernt hatte, einen I-Punkt zu setzen.

Mama betrachtete meine Arbeit lange und aufmerksam. Wie regelmäßig! Alle Punkte saßen genau an der richtigen Stelle. Und merkwürdigerweise waren sie einige Tage später in meinem Schulheft wieder so chaotisch gesetzt, als wenn ein Erdbeben das Diktat unserer Lehrerin begleitet hätte.

So hieß es denn am folgenden Sonnabend, wieder von vorne anzufangen. Just verschlang »Rikki-Tikki-Tavi« im »Dschungelbuch«. Seine neue Strafarbeit, »Ich soll meine Mutter verehren«, hatte er zur Seite gelegt.

Melusine im Arm, bedeckte ich erneut die letzte Seite mit den Worten »Ich bin wirklich ein schreckliches Kind«, und natürlich hatte ich alle I-Punkte weggelassen.

Da öffnete sich fast lautlos die Tür. Mama! Sie war eine Stunde früher als gewöhnlich nach Hause gekommen, um uns auf frischer Tat zu ertappen. Just schob blitzschnell das Buch unter sich, aber was half das, denn man mußte doch aufspringen und mit an den Körper gepreßten Armen strammstehen.

So entglitt auch Melusine meinem Arm, fiel hin und zerbrach sich den Kopf. Ich erlitt einen Schock, als sei mein Herz gebrochen.

»Hm! Melusine selbst bestraft dich, kleine Schwindlerin, die sich die I-Punkte von Just setzen läßt!« Mama hatte meine Seite überflogen. »Und dieser unverbesserliche Sünder schreibt mit einer Doppelfeder!... Wenn er nicht gerade dabei ist, Kipling zu lesen!« Pause. Ich mußte mich am Tisch festhalten, weil meine Knie weich wurden.

»Herunter mit euren Strümpfen!«

Mama läutete.

»Erna, trockene Erbsen!«

Diese Hülsenfrüchte, dazu bestimmt, Menschen zu ernähren, wurden in eine Ecke gestreut, und wir mußten darauf niederknien.

Nach einer Viertelstunde drangen sie in unsere Knie ein,

die anzuschwellen begannen. Trotzdem zogen wir diese mittelalterliche Tortur einer anderen vor, die Mama auch erfunden hatte: die Holzscheitfolter. Aber dann verzichtete sie auf diese Strafe, weil Just durch einen Splitter, der sich ins Knie gestoßen hatte, lange und für alle sichtbar an einem Abszeß litt.

Wohlgemerkt, diese unbedeutende Komplikation hätte nicht genügt, Mama zu entmutigen, die das erzieherische Vergnügen allzusehr genoß, uns wie richtige Spartaner auf die Härten des Lebens vorzubereiten. Aber eines Tages erschien unangemeldet unsere jüngste Tante Harriet und war entsetzter Zeuge der Holzscheitfolter. Wir hielten sie für das am wenigsten boshafte Familienmitglied, obwohl das wirklich wenig zu sagen hatte.

Als sie unsere geschwollenen Knie sah, schrie sie außer sich:

»Aber Schwester, bist du denn ganz verrückt geworden? Diese barbarische Strafe schadet dem Blutkreislauf der Kinder!«

In diesem Augenblick ging Oranie durch den Flur und hörte den Vorwurf. Da die Holzscheite auf dem Küchenbalkon aufgeschichtet waren, wagte Mama nicht mehr, sie von dort holen zu lassen. Pah, getrocknete Erbsen erfüllten den gleichen Zweck!

Nach einer halben Stunde waren unsere Beine blau geschwollen und wie gelähmt.

»Weine nicht, Schwesterchen«, tröstete Just mich, »wenn ich groß bin, bringe ich dich weit weg von hier, zu den Zulus. Die lassen ihre Kinder bestimmt nicht auf trockenen Erbsen knien...«

Militärmusik

Welche Erfindung, diese Sonntage und Feiertage! Viele Kinder fürchten die Wochenenden, an denen sie ohne Schutz ihren Eltern ausgeliefert sind, die sich sonntags langweilen.

Ach, wenn man als Kind das Leben von den Erwachsenen erlernen könnte, so gäbe es manches zu lernen!

Am Sonntagmorgen wurde ich mit größter Sorgfalt angekleidet. Erna bürstete meine Haare und drehte sie über einen Elfenbeinstab, damit sie in Locken herunterfielen.

Mama stand vor meinem offenen Kleiderschrank, wo Isis und Osiris, Brahma und Krischna, wie Just meine verschiedenen Kleider getauft hatte, feierlich auf ihren Bügeln hingen, jedes mit einem weißen Schonbezug bedeckt und eines vom anderen je zehn Zentimeter entfernt. Mama überprüfte, wählte, verwarf. Keines der Kleider schien ihr schön genug, obwohl ich nur während einiger Stunden das Recht hatte, mich in diesen kostbaren Hüllen zu zeigen. In der Schule und zu Hause mußte ich über meinem Kleid eine Kattunschürze mit langen Ärmeln tragen, die schon hundertmal gewaschen worden war. Ich glich darin immer einem Aschenbrödel.

Am Sonntagvormittag gegen elf Uhr ließ Mama sich im Wagen von Anton zur Feldherrnhalle fahren. Unterwegs wurden mir immer einige Vorschriften eingeimpft:

»Vor allem eins: Mach kein Mater-Dolorosa-Gesicht! Lächle!«

Wir fuhren weiter, und ich mußte ständig lächeln.

Auf dem großen Platz vor der Feldherrnhalle machte die Militärkapelle großen Lärm. Der Platz füllte sich mit sonntäglich aufgeputzten Menschen, die hin und her flanierten und wie wir von Garnisonsoffizieren eingekreist wurden. Mamas Augen flammten auf wie Kometen. Bald zog sie eine Schar von Leutnants, Fähnrichen und Kadetten hinter sich her. Von Zeit zu Zeit klappte dieser oder jener die Hacken zusammen wie ein Hummer seine Scheren, führte gleichzeitig die steife, hölzerne Hand an die Mütze, ganz so wie der Hanswurst im Kasperltheater. Wirklich, diese jungen Männer erinnerten mich an die Marionetten, die ich in Gozzis Puppenspielen gesehen hatte. Unsichtbare Fäden schienen auch ihre Gelenke zu bewegen. Kokett bedankte Mama sich für den respektvollen Gruß. Unschuldig trippelte ich neben ihr her in meinem kurzen Ballerinenröckchen, unter dem bei jedem Schritt der weiße Saum meines Spitzenunterrocks hervorwippte. Meine Füße in den neuen Lackschuhen taten mir weh, und voller Angst dachte ich an die mir bevorstehenden Verbeugungen. Sie waren mir so verhaßt wie die eines dressierten Zirkuspferdes. Es hieß da, das linke Knie beugen und sich langsam nach hinten auf den rechten Fuß niederlassen. Ich verabscheute dies um so mehr, als Mama mich mit der Peitsche wie ein gelehriges Tier dazu abgerichtet hatte.

Von Zeit zu Zeit beugte sie sich zu mir herab und simulierte Zärtlichkeit. Langsam fuhr sie mit der Hand über meine Locken, um allen den Eindruck einer zärtlichen Mutter zu vermitteln. Dazwischen flüsterte sie:

»Halte dich gerade! Sonst ziehe ich dir dein Leibchen fester!« Ich richtete mich mit aller Kraft auf, trotz der niederträchtigen, harten Gummibänder, die man mir sonntags immer unter dem Vorwand, daß ich mich nicht geradehielt, unter meinem Leibchen zusammenzog und die in meine Haut einschnitten.

»Lächle! Da kommt die Generalin von Orsival!«

»Guten Tag, Frau Konsul! Was für ein entzückendes Töchterchen! Wie heißt du denn?«

»Clarisse, gnädige Frau ...«, murmelte ich, während ich eine tiefe Verbeugung machte. Ich schielte gleichzeitig zu Mama hinauf, deren Blick, einer Tierbändigerin gleich, mich auf das Pflaster hinunterdrückte, bis mein Knie den Asphalt berührte. Dann richtete mich derselbe hypnotisierende Blick wieder auf.

Dank dem Kompliment, das die Generalin Mamas Kleidung spendierte, lief diese Szene ohne Repressalien ab.

Andere Damen hatten ihren kleinen Spitz mitgebracht und führten ihn graziös an der Leine, um die Aufmerksamkeit der Offiziere auf sich zu ziehen. Ich wurde zwar nicht an der Leine, aber an der Hand geführt. Trotzdem habe ich lange Zeit, ohne es zu ahnen, in Mamas Leben eine vermittelnde Rolle gespielt, besonders in den Kurorten, die wir im Sommer besuchten.

Ein schreckliches Gedröhne von Kupfer bedeckte jetzt den Platz. Posaunen, Klapphörner, Querpfeifen und Trompeten heulten unablässig. Eine wahre Parodie der Musik. Aber das Publikum glaubte an dieses »glänzende« Orchester und setzte seine Kennermiene auf. Ganz wie in den Badeorten war auch hier die Musik nur ein Vorwand.

»Lächle!« befahl Mama mit schneidender Stimme, »Frau Martin, die Frau des Staatsanwalts, beobachtet uns!« Ich lächelte gehorsam, so gut ich konnte. Wir bildeten ein anmutiges Paar, vereint, als wollten wir vor einem unsichtbaren Filmregisseur posieren, der gerade die Szene »Mutter und Kind« dreht.

Die bösesten Zungen mußten zugeben, daß Mama die öffentlichen Konzerte nur besuchte, um mir Vergnügen zu bereiten.

Nach Schluß der Militärparade gingen wir zu Fuß durch die Ludwigstraße, in der sich Papas Konsulatsräume befanden, heim.

An einer bestimmten Straßenecke trafen wir während einiger Monate jeden Sonntag einen sehr eleganten Herrn. Er zog vor Mama mit übertriebenem Respekt den Hut.

Zu Beginn jeder neuen Saison wechselte dieser diensthabende Troubadour und wurde durch einen anderen ersetzt. Nichts als dieser automatische Wechsel konnte mir deutlicher das Herannahen von Frühling und Herbst vor Augen führen.

Beim Anblick des »Ritters« vergaß Mama nie zu erröten, sich in den Hüften zu wiegen und einige Takte aus dem »Bajazzo« und »Cavalleria Rusticana« zu summen.

Etwas weiter, dem Siegestor zu, begegneten wir gewöhnlich Großvater, der von der Reitbahn kam. Er trug einen eleganten gelben Reitanzug und einen hohen Hut in derselben Farbe.

Galant stellte er uns immer dieselbe Frage:

»Wo ist euer Wagen? Warum macht ihr diesen endlosen Weg zu Fuß?«

»Das arme Kind muß doch ein wenig Luft schnappen«, antwortete Mama.

Freude zu leiden

Wie sich die Tage hinzogen! Würde man denn ewig acht Jahre alt bleiben? Wenn ich doch schon zwölf, dreizehn oder fünfzehn wäre! Ich würde dann ins Gymnasium gehen, ein langes Kleid tragen, und mein Haar wäre vielleicht zum griechischen Knoten gebunden. Ich wäre stärker und größer, könnte mich verteidigen, zurückschlagen. Gestern beobachtete ich eine Katze, die ihre Jungen zärtlich und hingegeben leckte. Ach, warum bin ich nicht als Katzenjunges auf die Welt gekommen!

Im Zirkus sah ich eine Löwin, die ihre Kleinen behutsam mit den Zähnen packte, um sie an einen sicheren Ort zu tragen. Macht nicht der mütterliche Instinkt selbst die wilden Tiere sanft? Und Mama? Sie hätte uns eher an den gefährlichsten Stellen ausgesetzt.

Tagelang habe ich ein Taubennest bestaunt. Ich sah die Eltern ihre Jungen betreuen. Aus den eigenen Kehlen ließen sie die Körner in die der Kleinen gleiten. Oder sie breiteten ihre Flügel über sie aus wie Schutzengel.

Erst wenn sie fähig waren zu fliegen und zuviel Platz im Nest einnahmen, erwachte der grausame Trieb der Arterhaltung in den Eltern. Erst dann verjagten sie die flügge gewordene Brut mit Schnabelhieben!

Mama haßte uns, im Gegensatz zu allen Naturgesetzen. Ungeduld, Rachsucht, Zorn begannen sich in mir anzustauen. Nur stark werden, Muskeln bekommen, um sich verteidigen zu können! Jede Tracht Prügel löste in mir eine solche

Krise der Empörung aus, daß ich mich danach ins Badezimmer einschloß und wie eine Rasende mit den Füßen stampfte bis zur völligen Erschöpfung. Ach, wenn ich so stark geworden wäre, wie meine Wut anschwoll! Das Haus mitsamt seiner Quälerin hätte ich aus den Angeln gehoben wie Samson die schweren Tore der Stadt Gaza!

Eines Tages hatte ich ein seltsames Erlebnis. Die starke Müdigkeit, die Erschöpfung, die jedem dieser Zornesausbrüche folgte, war diesmal von einer gesteigerten Sinnesreizung begleitet. Eine nie zuvor gekannte Spannung lief durch meinen Körper. Meine Nerven schienen elektrisch geladen zu sein. Die Zähne wurden mir schwer im Mund, alles drehte sich in meinem Kopf unter dem Ansturm meines unruhigen Blutes. In den Ohren sauste es dumpf wie in den Muscheln. Eine animalische, machtvolle Freude durchzuckte mich. Während einer Sekunde bebten meine Glieder vor Lust. Dann verebbte diese und ließ eine merkwürdige Scham zurück und das Bedürfnis, mich in einem dunklen Winkel zu verbergen, mein Gesicht in die Erde zu stecken. Und trotzdem hätte ich am liebsten laut aufgeschrien in diesem Zustand äußerster Bestürztheit.

Jean-Jacques Rousseau, der große Pädagoge, schildert in seinen »Bekenntnissen« eine ähnliche Reaktion. Wenn ihm seine Erzieherin Schläge versetzte, löste das in ihm denselben, wenig erzieherischen Effekt aus. Mit krankhafter Freude erwartete er die nächste Tracht Prügel, und jedesmal folgte ihr dasselbe erotische Vergnügen.

Die körperlichen Züchtigungen hatten genügt, um ihn zeitlebens von dem Wechsel in der Liebe träumen zu lassen, bei dem Liebesbezeugungen und Demütigungen einander ablösten.

Begegnung mit Gott

Nacht. Eine kalte Nacht. Wieder einmal hat man mich ohne Abendessen ins Bett geschickt. Der Hunger hindert mich daran einzuschlafen. Schließlich kommt der Schlaf doch, und ich träume von einem Butterbrotberg, der jetzt auf meinen Magen drückt. Durch diese Krämpfe muß ich aufstehen.

Vorsichtig schiebe ich die doppelten Vorhänge von meinem Fenster zurück und öffne die Fensterläden. Wie wunderbar die Nachtluft schmeckt! Gierig schlinge ich sie hinunter. Ich kaue sie langsam, verschlinge sie. Sagt man nicht, daß die Luft nährt?

Welch ein Firmament! Sterne, Sterne, so weit das Auge reicht! Zum erstenmal stehe ich allein den Sternen gegenüber. Mein Hunger ist vergessen. Das himmlische Feuerwerk übertrifft alle Wunder der Märchen. In die Dichte der Nacht dringt eine magische Kraft, ein eiserner Wille, bis zu dem Kind am Fenster, ein Wille, der das Kind nachgeben und sich vor der Macht der Sterne beugen läßt. So erging es wohl den Menschen vergangener Zeiten, als sie in der Unendlichkeit ihre Grenzen suchten und Gott fanden: ein Wesen, dem sie sich hingeben, das sie in ihrer Unzulänglichkeit und Einsamkeit anrufen und zu ihrem Geliebten machen konnten.

Indessen wußte ich mir den Sinn dieser plötzlichen Unterwerfung der Seele, dieser Sehnsucht nach Anbetung, den feierlichen Zusammenbruch vor dem Sternenhimmel nicht zu deuten. Gott war mir unbekannt. Man hatte mich in der Schule nicht mit ihm vertraut gemacht. Da Mama und Papa sich jedesmal stritten, sobald das Thema Religion gestreift wurde, und Mama Papas Religion verachtete, er wiederum Mamas Verneinung jeden Glaubens zu mißbilligen schien, waren sie übereingekommen, daß wir, die Kinder, überhaupt keinen Gott haben sollten. Bei den Eltern widersetzte sich die Gottlosigkeit des einen dem naiven Kult des anderen. Zum Teufel mit der Taufe, dem Abendmahl und den ganzen Monstranzen! Und das »gottlose« Kind beneidete die Klassenkameraden um die Hostie oder die Matze, mit denen sie überfüttert wurden.

Eines Tages hatte mir Justus anvertraut, daß er öfter die Turnstunde schwänze, um sich in die Kirche zu stehlen. Dort begegne er Gott.

»Wie sieht er denn aus, Juju?«

»Man kann ihn doch nicht sehen, Dummerchen!«

»Aber wie bist du ihm denn dann begegnet?«

»Gott hat keine Gestalt.«

»Dann ist er also ein Gespenst?«

Justus lachte laut auf: »Von allen Kindern, die den Katechismus lernen, hat ihn noch keines gesehen. Aber keines würde je wagen, eine solche Frage zu stellen. Eine Blume, ein Stern, eine Wolke, die Orgel in der Kirche, all das sind Begegnungen mit Gott.«

»Also alles, was man nicht sehen, hören oder wahrnehmen kann ...« Just schnitt mir kurzerhand das Wort ab:

»Nein, mit dir kann man nicht diskutieren! Du bist ein Mädchen!«

Und nun bewies das, was mir beim Anblick der Sterne widerfuhr, daß Justus recht gehabt hatte: »Ein Stern eine Begegnung mit Gott.«

Ich hätte so gern gebetet. Aber ich wußte nicht, wie man das macht. Am liebsten hätte ich mich noch kleiner gemacht und mich noch mehr erniedrigt, hätte gern die Augen geschlossen, die Hände unter dieser herrlichen Kuppel über mir gefaltet, von deren Mitte eine lautlose Sinfonie heruntertönte.

Der Hunger machte mich hellhörig. Ich konnte dieses Schauspiel nicht länger stehend ertragen. Ich fiel auf die Knie und faltete die Hände, wie ich es bei den Engeln auf einfachen Bildern gesehen hatte, die in manchen Schaufenstern auslagen.

»Gott«, flüsterte ich, »bist du's?«

Eine mystische Glut vor dem Unnennbaren, vor dem Unfaßlichen durchströmte mein Kinderherz. Ich nahm mir vor, besser zu werden, Mama nicht mehr zu hassen, ihr alles zu verzeihen. Nein, niemals wieder würde ich ihr den Tod wünschen. Schon morgen würde ich wie Justus in die Kirche gehen, um dort Gott zu begegnen.

Nicht dem rachedürstigen Gott des Alten Testaments, das Oranies Verlobter mir geliehen hatte, nicht diesem alten Herrn mit weißem Bart, im wallenden Faltengewand ... Nicht dem grausamen Urheber der Sintflut, von zahllosen Plagen und Kriegen, diesem unerbittlichen Gott, der die Wasser des Nils in ein Meer von Blut verwandelt hatte ...

Nein, dieser Herr-Gott war ebenso boshaft wie Mama. Das war kein wahrer Gott. Hatte er nicht Antiochus, dem König der Syrier, erlaubt, sieben Kinder unter den gräßlichsten Qualen sterben zu lassen, nur damit sie von seiner Gewalt Zeugnis ablegten? Ein Gott, der gestattete, daß man Kindern die Köpfe abhackte, die Zungen herausschnitt, ihnen Arme und Beine abhackte und sie noch lebend in einen Kessel mit kochendem Wasser warf, welch ein Ungeheuer!

Aber der andere, der junge Gott verführte mich mit seinen langen Künstlerlocken und den Gesten voller Mildheit. Seine Wunder und sein Kreuzestod waren im zweiten Teil der Bibel in erschütternden Zeichnungen wiedergegeben. Er hatte so eine großmütige, mildtätige Mutter! Sie war allgegenwärtig: am Eingang der Schule, in den Nischen der Häuser und sogar in Ernas Zimmer, wo sie unter einer Glaskugel lächelte. Von überallher wallfahrteten die Menschen zu ihr.

Warum sollte sie nicht auch mich in ihr Erbarmen aufnehmen? Warum sollte sie nicht meine leibliche Mutter ersetzen können?

Bei der ersten Gelegenheit schlich ich mich in die Sankt-Anna-Kirche. Ich irrte im Kirchenschiff umher und suchte Gott und seine göttliche Mutter.

Madonnen aus bemaltem Stuck lächelten anmutig, ihr Kind im Arm haltend. Ihr Kind! Dieses Lächeln galt nicht mir. Es verlor sich in der Leere.

Ich hielt vor anderen Götzen aus Holz, Bronze und Marmor. Ich bat sie um ihren Beistand. Keiner antwortete mir.

Eine der Jungfrauen schloß die Augen, ganz wie meine Puppe Melusine. Ich wartete auf ein Wunder: Würde sie sie wieder öffnen? Wie Melusine war sie aus zerbrechlichem Porzellan. Wie sie kam sie aus dem Land der Träume ... Aber ach, keine der Mütter Gottes nahm sich des fremden kleinen Mädchens an.

Der Erlöser selbst, im roten Haar, hing am Kreuz, teilnahmslos gegen alles, was um ihn vor sich ging. Und auch die Heiligen in ihren Nischen waren nur mit ihrem eigenen Leid beschäftigt: der heilige Lorenz mit dem Gitterwerk vor sich und der heilige Sebastian mit den ihn durchbohrenden Pfeilen. Sie erinnerten an gewisse Wachsfiguren in einer Bude auf dem Oktoberfest, in die mich Oranie eines Sonntags geführt hatte.

Auf den Betstühlen knieten alte Frauen, die etwas vor sich hin murmelten. Antwortete er ihnen, jener Unsichtbare, mit dem sie sich hier trafen?

Enttäuscht betrachtete ich den Hauptaltar, über dem flackernde Kerzen zitterten. Wo war er, der große König des Weltalls, die Zuflucht verzweifelter Seelen, die königliche Schulter, an die man sich lehnen konnte?

Vermochten Stein-, Gips- und Zementnachbildungen seiner Person in dieser grandiosen Dämmerung der Kirche einem Menschen wirklich den Grundsatz aller Religionen zu verdeutlichen: »Liebe deinen Nächsten wie dich selbst«?

Nein, in diesem eisigen Raum spürte ich die Liebe nicht. Keine Madonna hatte mir ihre Arme geöffnet und mich an ihre mütterliche Brust gedrückt.

Entmutigt verließ ich die Kirche. Sollte ich vielleicht zu Mutter Schick gehen? Sie konnte mir helfen, Gott zu finden!

Plötzlich kam mir ein anderer Gedanke. Vielleicht war Gott nur ausgegangen. Das war der Grund, warum ich ihn nicht in der Kirche gefunden hatte. Gewiß machte er gerade einen Spaziergang im Englischen Garten. Hatte ich ihn nicht schon einmal in den Sternen gespürt? Sicher traf ich ihn in der Natur, in den Bäumen und der Erde.

Ich lief mit klopfendem Herzen, denn ich hatte keine Zeit zu verlieren.

Dieser riesige Park war damals berüchtigt und wuchs wild und undurchdringlich.

»Verbrechen im Englischen Garten...«

Eine ähnliche Schlagzeile schmückte zu fast jeder Jahreszeit die ersten Seiten der Tageszeitung. Ich wußte, daß kleine Mädchen sich nicht allein in diese Wildernis wagen durften. Aber was konnte mir schon geschehen, da ich doch Gott suchte?

Je tiefer ich mich in die Gebüsche hineinwagte, desto mehr wuchs meine Angst. Aber wie so viele Kinder liebte ich die Angst, das Geheimnis. Was ist das kindliche Versteckspiel im Dunkeln anderes als die unbedachte Freude der Furcht.

Bald stand ich allein und verloren in einer langen Allee. Der Wind rauschte unheimlich.

Plötzlich – ich stand starr vor Schreck – bewegte sich ein Wesen, das sich hinter einem Baum versteckt hatte, auf mich zu. War das Gott? Meine Glieder zitterten in wunderbarer Erwartung... die sich schnell in Entsetzen verwandelte. Denn jetzt sah ich die Erscheinung sehr deutlich. Es war ein Vagabund, ein Landstreicher. Mein Entsetzen schien ihn anzuziehen. Sich nach rechts und links umsehend, näherte er sich mir. Und während er wie ein Wolf auf mich zuschlich, machte er seltsame Bewegungen. Mit gierigen, ausgehungerten Augen starrte er mich an.

Ich stand festgewurzelt, als hätten meine Zehen tatsächlich zwischen Hexenkraut, Clematis, Silberdisteln, Farnen, Glockenblumen und Brombeeren Wurzeln geschlagen, als hielten sie mich wie eiserne Stacheln fest.

Der Mann war nur noch zwei Schritte von mir entfernt. Sein hypnotischer Blick beraubte mich aller Kraft. Ich versuchte zu schreien, aber kein Laut kam aus meiner trockenen Kehle. Erschrocken begriff ich eine unbekannte Gefahr.

In diesem Augenblick hörte man Stimmen, Gelächter. Ein Liebespaar kam durch die Allee auf uns zu.

Eine Sekunde später war der Mann, den ich für den Stellvertreter Gottes auf Erden gehalten hatte, verschwunden.

Der Märchenprinz

An einem Sonntag kamen wir wieder einmal vom Militärkonzert zurück. Der Frühling durchzog mit seinem Duft die Leopoldstraße. Die Kastanien hatten sich über Nacht mit kleinen Knospen von einem unsagbaren Grün geschmückt. Die Amseln sangen Hymnen in den Gärten, hinter denen sich die eleganten Villen verbargen. Roch es nicht schon ein wenig nach kostbarem Flieder? Oder war es Mamas Parfüm? Ihre Taftrobe rauschte wie Märzwind. Es ging derselbe betäubende Duft von ihr aus wie von der verjüngten Erde. Wie eine Tänzerin schwebte Mama neben mir her.

Von ihren goldkäferfarbenen Schuhen, ihrem malvenfarbenen Kleid, ihrem großen Hut à la Gainsborough, der mit einer riesigen Straußenfeder geschmückt war, strömte eine besondere Erwartung aus. Eine Erwartung, die ich mit Verwirrung spürte. Denn Mama warf von Zeit zu Zeit verstohlene Blicke um sich, knöpfte das halbe Dutzend Knöpfe ihrer langen Glacéhandschuhe auf und zu oder warf einen verstohlenen Blick in ihren kleinen Taschenspiegel. Manchmal drehte sie sich sogar blitzschnell um. Sich auf der Straße umzudrehen! Welch eine Verfehlung gegen »Knigges Umgang mit Menschen«. Es war uns strengstens verboten!

Ab und zu raunte Mama mir stets schnell wieder abbrechende Sätze zu, völlig zusammenhanglos, einer Art Monolog entnommen. Selbstverständlich galten diese Worte nicht mir. Sie schien mich völlig vergessen zu haben, und deshalb war es so wunderbar, neben ihr zu gehen. Sie war nicht Mama, sondern eine Blütenfrau.

»Palmkätzchen«, murmelte sie, als wir an einer Frau vorbeikamen, die in einem großen Korb Frühlingsblumen feilhielt. »Palmkatzenpfoten«, mit einer ungewohnt gurrenden Stimme, als wolle sie sich in diesen sanften und geschmeidigen Tonfall einüben. Die Palmkätzchen schnurrten in ihrer Kehle, die mit samtenen, silbernen Tönen gefüttert war.

Ein reizvolles Lächeln spielte um ihr Gesicht. Dieses Lächeln kannte ich nur zu gut. Sie trug es immer am Sonntag, wenn wir die Ludwigstraße entlangspazierten und an einer bestimmten Stelle diesem oder jenem eleganten Herrn begegneten.

Plötzlich legte sie den Arm um mich und zog mich an sich. Verführt von ihrem Parfüm, vom Rascheln ihres malvenfarbenen Kleides, von ihrem wiegenden Gang, schmiegte ich mich verliebt an ihren Körper. Es fällt einem Erwachsenen so leicht, ein Kind zu täuschen!

Meine Lippen summten die ersten Takte einer Ballade von Chopin, die ich gerade mit Kapellmeister Knall einübte. Fast erschreckte mich meine Verwegenheit. Noch niemals hatte ich es gewagt, in Mamas Gegenwart zu singen. Und, o Wunder, sie vergaß sogar, meinen Mangel an Respekt zu rügen! Hatte sie nichts gehört? Was ging vor sich? Ich schielte stolz auf die schöne jugendliche Erscheinung, die wie eine ältere Schwester an meiner Seite dahinschwebte. Wenn ich den Kopf ein wenig drehte, konnte ich sehen, daß sich alle Herren nach ihr umwandten.

Die Ludwigstraße schien mir wie für ein Fest geschmückt, mit unsichtbaren Fahnen beflaggt.

Meine Seele öffnete sich. Ja, ich würde Mama bitten, mich zu lieben! Ich suchte nach entsprechenden Worten, aber kaum hatte ich einen Satz gefunden, so würgte mich ein Gefühl der Scham. Ich fühlte eine brennende Röte in mir aufsteigen, die auf mein Kleid sicher abfärben würde. Am liebsten hätte ich mein Gesicht hinter einem Taschentuch versteckt. Ich zählte bis drei, bis fünf und begann wieder von vorn. Schließlich setzte ich mir eine Frist bis zur Mauer der Chinesischen Gesandtschaft. Als ich gerade meinen Mund öffnen wollte, hörte ich eine ernste, tiefe Stimme, die an die Orgel der Sankt-Anna-Kirche erinnerte:

»O gnädige Frau, welch eine Überraschung!«

Es war keiner der Herren, die sonntags einander abzulösen pflegten. Eine lange, aristokratische Gestalt mit einem überaus noblen Gesicht hatte uns eingeholt. Unter dem gewellten Haar sprang eine hohe Stirn hervor, die sich in einer geraden Nase fortsetzte, wie sie die griechischen Büsten zeigten, die als Nachbildungen mancher Werke des klassischen Altertums die Aula unserer Schule schmückten. Und welch ein Mund! Auch er ähnelte den klassisch geschwungenen Lippen mythologischer Gottheiten. Lippen, die sehr verwöhnt worden sein mußten... von wem?

Eine fast durchscheinende Hand schob behutsam mein Kinn in die Höhe. Eine sinnliche Stimme sagte:

»So, das ist also Clarisse? Oh!... Ein richtiges Sirenenkind.«

Mama vibrierte wie Quecksilber. Abwechselnd hielt sie sich auf dem einen, dann auf dem anderen ihrer kleinen Schühchen. Ihre zierliche Taille schwankte hin und her wie ein Rohr im Wind.

»Ja, das ist Clarisse«, antwortete sie mit einer Stimme, die so weich wie die samtenen Palmkätzchen sein wollte.

»Wie alt ist sie jetzt?«

»Acht Jahre.«

»Nicht möglich... schon neun Jahre ist es her...«

Mama schnitt ihm blitzschnell das Wort ab.

Er nahm mich in seine Arme und zog mich an sein Gesicht. Ich tauchte in seine Augen wie in einen Spiegel, und mir war, als sähe ich sie nicht zum erstenmal.

Wieso waren mir diese Augen, dieser Blick so bekannt?

»Möchtest du mit mir kommen, mein Liebling?«

Eine wilde Leidenschaft für diesen noblen Fremden loderte in mir auf. Feurig rief ich:

»Ja, ja, ich bitte Sie, nehmen Sie mich mit!«

»Der Herr lebt meistens auf seiner Jacht auf dem Meer, wenn er nicht in Indien ist, um Tiger zu schießen. Hättest du nicht Angst davor, ihn dorthin zu begleiten?«

Angst vor wilden Tieren? Ich biß mir auf die Zunge, um meine Gedanken nicht zu verraten. Was waren Tiger im Vergleich zu . . ., und ich schielte hinüber zu Mamas katzenartigem Lächeln.

»Kann ich irgend etwas für dieses Kind tun?« fragte der Herr zärtlich. Er tat, als habe er Mamas kategorisches »Nein« überhört, und zog aus seiner Brieftasche eine Visitenkarte, die er mir in die Hand schob. Es war eine Krone darauf.

»Wenn du irgendeinen Wunsch hast«, sagte er, »schreibe mir, und er wird sofort erfüllt werden. Ganz wie im Märchen.«

»Sie hat nicht den geringsten Wunsch vorzubringen!« erwiderte Mama trocken. Es begann sie zu reizen, mich so lange im Mittelpunkt des Interesses dieses Fremden zu sehen. »Nicht wahr, Clarisse?« Sie hatte mich am Arm gepackt und mir zwei ihrer langen rosa Fingernägel ins Fleisch gebohrt, um eine bejahende Antwort aus mir herauszupressen.

Gehorsam senkte ich den Kopf. Sofort ließ sie meinen Arm los und nahm ihre spitzen Fingernägel weg.

Nur ein einziger Wunsch belebte mich: geliebt zu werden. Wie, wie ihn aussprechen?

»Was wissen Sie von den Wünschen eines Kindes, gnädige Frau?« fuhr der Unbekannte fort. »Natürlich handelt es sich nicht um Schokolade oder Spielzeug. Es handelt sich um viel größere Wünsche. Nun, Clarisse, sag mir frei heraus, was wünschst du dir?«

»Ich . . . ich . . . möchte fort mit Ihnen . . . nach Indien!«

»Nach Indien, ohne deine Mama? Bist du denn nicht glücklich hier?«

Meine Augen füllten sich mit Tränen. Zu stolz, um zu lügen, schwieg ich. Ich fühlte Mamas Haß wie Blei auf mich niedersinken. Wie weit weg waren sie schon, die harmlosen Takte aus der Ballade von Chopin!

»Wenn du willst, gehen wir eines Tages zusammen in eine Konditorei, bevor wir nach Asien fahren. Dort unterhalten wir uns ein wenig ... du erzählst mir von dir ...«

Mama schnitt das Gespräch mit schneidender Stimme ab:

»Das ist unmöglich! Übrigens, wir haben es eilig. Verbeuge dich, Clarisse!«

Anstelle der erwarteten Verbeugung brach ich in Tränen aus. Ich war eine Waise, ja, eine Waise, wenn dieser Mann mich verließ, er, den ich ein paar Minuten zuvor noch nicht gekannt hatte.

»Da hat man es wieder. Sie heult auf der Straße! Dieses Kind ist tatsächlich unerträglich.«

»Mir scheint, als habe ich diesen Vorwurf schon gehört ..., nein, die Kleine ist nur sehr sensibel«, beschwichtigte mein Beschützer.

Er beugte sich teilnahmsvoll zu mir herab, als wäre er seit langem mein Verbündeter.

»Weine nicht«, flüsterte er, »du hast doch meine Visitenkarte.« Seine Augen waren gerötet. Er umarmte mich schnell, beugte sich über Mamas Hand und eilte mit Riesenschritten davon, als wolle er schnell eine möglichst große Distanz zwischen uns legen.

Ich drückte in meine Handfläche die spitzen Kanten der Visitenkarte, um sie besser zu spüren. Wie einen kostbaren Talisman preßte ich sie. Aber Mama befahl mir:

»Gib die Karte her!«

Ich zögerte. Da entriß sie sie mir und zerfetzte sie in kleine Stücke.

Da lag sie, die Sehnsucht meiner Kinderseele! Die Passanten würden darauftreten. Und niemals, niemals würde sich einer meiner Wünsche erfüllen.

Oliver Twist

Seit zwei Tagen ist Justus außer sich. Sein Gesicht ist fieberrot, so sehr erschüttert ihn die Lektüre eines Romans. Fünfmal am Nachmittag flüchtet er sich in die Toilette und verschlingt dort Kapitel um Kapitel, so heftig, daß diese langen Abwesenheiten schließlich Erna verdächtig vorkommen. Sie rüttelt an der Tür.

Just täuscht Durchfall vor. Was kann man gegen diese natürlichen Regungen machen?

»Das mußt du lesen, Schwesterchen! ... Dieser Junge hat noch mehr Demütigungen erlitten als wir ...«

Die Ellbogen auf den Tisch gestützt, die Finger in den Ohren, hingerissen von dem Abenteuer dieses Buches, ruft Just von Zeit zu Zeit aus: »Schweinehunde! ... Tod den Tyrannen!«

Während er liest, halte ich Wache. Er hat seine glühenden Augen auf das Buch gerichtet, so, als ob er mit größtem Eifer seine Hausaufgaben in Mathematik erledige, denn Oliver Twist ist unter dem Rechenheft versteckt.

»Er ist auch davongelaufen!«

Mit leidenschaftlicher Stimme liest er mir die Stelle vor, wo der arme Oliver an den Schornsteinfeger Gamfield verkauft wird, jenen Folterer von Tieren und Kindern! Gamfield, unter dessen Hieben drei seiner Lehrlinge starben!

»Zu Tode geprügelt! ... Nur weil sie Waisen waren!«

»Aber wir ... wir sind nicht einmal Waisen und ...«

»Man prügelt uns doch ... aber nicht zu Tode!«

»Aber beinahe.«

»Beinahe, aber nicht sofort. Das ist der Vorteil, wenn man keine Waise ist!«

Was mich anbetraf, so schien mir das Los, Waise zu sein, höchst beneidenswert. Was Herrn Sowerberry anbetraf, waren Just und ich dennoch nicht derselben Meinung. Ich fand es gar nicht schlimm, daß man Oliver zwang, im Atelier zwischen Särgen zu schlafen. Was war das schließlich im Vergleich zu all den Bosheiten von Frau Sowerberry?

Was war ein Sarg anderes als vier Bretter, dachte ich. Kleine horizontale Schränke. Der Gedanke an den Tod flößte mir keine Angst ein. Die Toten, die ich in ihren Särgen auf dem Friedhof hatte liegen sehen, waren sehr ruhig, sehr friedlich, ganz unfähig, uns nachzulaufen, zu schreien, uns mit Stöcken und Peitschen zu schlagen. Waren sie nicht den Lebenden vorzuziehen?

In der folgenden Nacht las ich selber den Roman beim Schein einer Kerze, die aus einem Wandschrank gestohlen war. Damit kein Lichtstrahl unter meiner Zimmertür hervordrang und mich verriet, stellte ich die Kerze vor einen Wandschirm.

Meine Tränen weichten die Seiten der Volksausgabe, die Just mit gestohlenem Geld gekauft hatte, auf. Sie weichten das billige Papier auf und ließen sie wie Hefeteig aufquellen.

Andere Kinder, die unter einem glücklicheren Stern geboren sind, sehen in Dickens' Erzählung nur ein Werk der Fantasie. Wir, wir erfaßten ihre Realität. Wir konnten vergleichen.

Ich schluchzte also erbärmlich über den unglücklichen Oliver Twist, aber ich weinte tatsächlich viel mehr über Justus und mich. Seit dieser Zeit hatte ich die eigenartigsten Visonen, gegen die selbst ich mich umsonst wehrte.

Wenn eine Schar von Waisenkindern auf der Straße vorüberzog, verfolgte ich sie mit neidischem Blick. Warum trugen sie am Arm dieses schwarze Kreppband? Sie schienen ruhig, glücklich, daß sie lebten, gar nicht belastet von dem

Trauerfall, der sie betroffen hatte. Ich wußte freilich nicht, daß der Kummer über den Verlust der Eltern nicht lange währt, wenn man sie in den Kinderjahren verliert.

Ah, welch ein Friede würde bei uns zu Hause einkehren, wenn Mama ... ich verbot mir, weiterzudenken, aber ich stellte mir die himmlische Ruhe vor, die plötzlich in unser Haus einziehen würde. Wir wären befreit von jener dauernden Angst, jener krampfhaften Erwartung von Strafen, die drei Viertel unseres Daseins erfüllten.

Ach, wer doch die Angst verlieren könnte ... die Angst vor der Angst! Wer wie andere Kinder lachen, Blumen pflücken, Vögel singen hören, spielen könnte!

All das und noch vieles andere könnten wir, wenn, ja wenn ... Und was ich mir am Tage nicht deutlicher auszumalen wagte, sah ich sich in den Träumen der Nacht verwirklichen.

Besonders ein Traum kehrte wieder und wieder:

Mama hielt die Peitsche in der Hand, um mich zu schlagen. Zwischen uns stand ein Blumentopf mit einem kleinen Rosenstrauch. An seinem einzigen Zweig blühte eine wunderschöne weiße Rose.

Noch heute rieche ich den betäubenden Duft dieser verführerischen Blüte.

Mama hob die Peitsche. Da schrie ich verzweifelt auf:

»Rose, beschütze mich!«

O Wunder, der Blumentopf zerbrach in Stücke, die Erde, die er enthalten hatte, brach auseinander, die Pflanze streckte sich, bedeckte sich mit unzähligen weißen Rosen, an deren Stielen Stacheln hafteten. Sie wuchsen rund um Mama herum in Form eines Kranzes, eines Totenkranzes. Die Handvoll Erde vermehrte sich, wuchs an zu einem Hügel und verschlang Mama. Schwarze Lava füllte ihren Mund, der aufschrie, ihre erschreckten Augen, ihre Ohren. Bald wurde sie von einem schwarzen Leichentuch zugedeckt, nur die kleinen bestickten Pantöffelchen schauten aus dem Grab dieses Wunschtraums.

Jubelnd rief ich aus: »Ich bin Waise!« und dieser Schrei weckte mich auf. Es dauerte lange, bis ich begriff, daß ich nur geträumt hatte.

Fasching

Zur Zeit des Faschings kommt es vor, daß ein Vorübergehender einem einen vertraulichen Schlag mit einer Schweinsblase oder einem Harlekinschlegel versetzt. Ein alter Brauch, als Streich gedacht, dessen Ursprung tieferen Sinn hat.

In gewissen Gegenden schlagen die Bauern im Frühling ihre Stuten mit den Zweigen von wilden Ebereschen, um sie fruchtbar zu machen und die Zahl ihrer Fohlen zu vermehren.

Konfetti bedeckt die Straßen mit buntem Schnee. Luftschlangen hängen an den gefrorenen Zweigen der Bäume oder winden sich um die elektrischen Bogenlampen. Die Kinder tragen übergroße falsche Nasen oder haben sich groteske Masken aufgesetzt.

In den Auslagen der Basare sieht man surrealistische Teufel grinsen, und die diabolischsten Masken der Neger können kaum mit den satanischen und dämonischen rivalisieren, die sich die Volksfantasie ausgedacht hat.

Glücklicherweise wählt nicht jeder das Kostüm Beelzebubs oder Asmodis. Der Sohn unserer Hausverwalterin zum Beispiel ist als Amor verkleidet. Er trägt goldene Flügel im Rücken, eine Krone aus Rosen im Haar, einen Köcher über der Schulter. Wenn wir von der Schule kommen, schießt er auf uns seine mit Gummispitzen ausgerüsteten Pfeile ab.

Bettina wird sich als Nymphe verkleiden. Sie wird ein langes Kleid aus moosgrüner Seide tragen, dessen aus zwanzig Meter Stoff genähter weiter, plissierter Rock mit Algen und Wasserrosen besteckt sein wird. Ihr blondes Haar wird mit Rosen geschmückt sein.

Denn in dieser seltsamen Zeit will jeder etwas anderes vorstellen, als er ist.

Abend für Abend stolziert Papa im langen schwarzen Frack im Salon hin und her. Vor dem Spiegel steckt er sich eine weiße Chrysantheme ins Knopfloch. Feierlich bestaunt er im Spiegel den eleganten Herrn, der ihm von dort her Gesellschaft leistet.

Mama trägt ein engangliegendes Kostüm, das elektrisch geladen zu sein scheint, denn es knistert und sprüht Funken. Es ist über und über mit imitierten Edelsteinen besetzt: das Kleid einer Prinzessin aus Tausendundeiner Nacht.

In diesem roten Satinkostüm windet sich Mamas Körper mit der Geschmeidigkeit einer Boa. Selbst ihre Haare schlängeln sich wie Blindschleichen um ihren Kopf.

Ihre Schleppe ist mit zahllosen Rüschen gefüttert, eine Kaskade von singender Seide.

Ihre schwarze venezianische Halbmaske aus Samt und Spitze ist mit zwei geheimnisvollen Löchern versehen, wie der Kopf antiker Statuen. Darunter bemerkt man ihren roten Mund, der durch eine dicke Schminkschicht nicht mehr erkennbar ist. Unter diesem neuen Gesicht, das der geschickteste Schminkkünstler der Stadt fertigte, wurde sie so unkenntlich, daß nur ihre Stimme sie verraten könnte.

Im Laufe des Tages hatte der Kostümschneider alles Nötige bei uns abgeliefert: die Perücke, die Schuhe, Strümpfe und Handschuhe, dazu das gerade aktuelle Parfüm und vielleicht sogar das passende Lächeln.

So verwandelt jeden Abend eine geschickte Ankleidefrau Mama in eine Amphitrite, eine Lukrezia Borgia, in eine Salome.

Erna und ein Aushilfsmädchen werden nicht fertig mit dem Schnüren, Stecken, Nähen, Zupfen und Bügeln der Kleidung. Zuletzt kommt der Friseur, setzt ihr eine Perücke auf, und an Mamas Stelle steht eine völlig neue Person vor uns.

Man hatte sie gebeten, auf einem Wohltätigkeitsball als Meduse zu erscheinen.

Die Ankleidefrau hatte ihre in Schlangenform aufgesteckten Haare, ihr Gesicht, ihre Ohren, ihren Hals bis zum Ansatz der Brust mit einer besonderen weißen, gipsähnlichen Paste bestreichen müssen. Ein aus Karton hergestellter Sockel umgab diese wandelnde »Marmorbüste«. Ein schwarzer Stoff, der an dem Sockel befestigt und hinter dem der Körper versteckt war, imitierte das Podest.

Dieser Gorgonenkopf mit der unbeweglichen Maske, mit den harten, steinernen Augen, die – ganz wie in der Legende – die Macht hatten, alle jene, die sie betrachteten, in Stein zu verwandeln, hat mich lange Zeit wie ein Alpdruck verfolgt.

Ja, ich hatte jeden Abend eine neue Mutter, aber am anderen Morgen kam die alte zurück. Erschöpft von der durchtanzten Nacht, kehrte sie nur ungern in ihr bürgerliches Haus zurück. Dann fürchteten wir uns noch mehr vor ihr als gewöhnlich. Und unser Überlebensinstinkt befahl uns, diese Person so oft wie möglich zu meiden. Instinktiv wichen wir ihr aus, saßen noch geduckter über unseren Schularbeiten.

Mit ihrem Faschingskostüm hatte sie weißes, rotes und grünes Konfetti in die Wohnung hereingetragen, Zeugen der nächtlichen Feste. Wehe Erna, wenn die Augen der »Meduse« auch nur einen dieser winzigen Zeugen des nächtlichen Festes auf dem Teppich entdeckten!

Mama verabscheute diese stumpfen, langen Tage, die sie zwangen, eine Rolle zu spielen, die ihr nicht lag: die der Gattin und Mutter. Erst am Abend unter der Verkleidung fühlte sie sich in ihrem Element. Für sie war der Fasching eine Wirklichkeit. Ihre Wirklichkeit. Das Alltagsdasein erschien ihr dagegen als unerträgliche Scheinwelt.

Eine kleine, gleichaltrige Kusine hatte mich zu einem Kindermaskenball eingeladen, der am Faschingsdienstag stattfinden sollte. Mama versuchte unter allen möglichen Vorwänden, diese Einladung zurückzuweisen, denn sie vermied es, so gut es ging, mich mit meinen Vettern und Kusinen zusammenzubringen.

Aber von Zeit zu Zeit, wenn alle Ausreden scheiterten, bereitete sie mich dementsprechend darauf vor. Ich lernte, was ich zu sagen und was ich zu verschweigen hatte. Natürlich dieses alles unter Androhung der schlimmsten Strafen. Mit keinem Wort durfte auch nur angedeutet werden, was sich bei uns zutrug. Mama fürchtete, daß ein einziger Ton der Klage meinen Lippen entschlüpfen könnte, denn meine Tanten lauerten selbst auf den geringsten Skandal.

Was nun den Kindermaskenball betraf, so gab Tante Beatrix dieses Mal nicht nach, sie bestand darauf, daß ich an dem Kinderfest teilnahm.

»Schule? Am Faschingsdienstag sind die Schulen geschlossen... Ein Schnupfen? Aber Clarisse geht doch trotzdem in die Schule, da kann sie auch jetzt das Haus verlassen... Ihre Klavierstunde... die kann man verschieben. Du hast nicht das Recht, die Kleine so einzusperren! Man sieht sie nie, weder beim Schlittschuhlaufen noch bei Kinderfesten...«

»Meine liebe Beatrix, die Erziehung meiner Kinder geht allein mich etwas an. Ich erlaube dir nicht, da hineinzureden.«

Trotzdem, das Wort »einsperren« hatte Mama unangenehm berührt. Was würde ihre Familie darüber denken? Hatte sie etwa Angst, ihre Kinder vorzuzeigen?

Kurz, zwei Tage vor dem Fest schnitt mir unsere Schneiderin ein weißes Kolumbinekostüm mit schwarzen Troddeln zurecht.

Aber sogar diese Schneiderin flüsterte Oranie ins Ohr, daß man unter dem steifen, abstehenden Kostümröckchen die Striemen sehen konnte, die die Peitsche auf meiner Haut zurückgelassen hatte.

Oranie erzählte es Erna, die nichts Eiligeres zu tun hatte,

als es sofort Mama zu hinterbringen. So eine unwichtige Kleinigkeit hatte Mama natürlich nicht bedacht. Sie war ebenso an den Anblick dieser Striemen gewöhnt wie die Negerinnen in Afrika an die Tätowierungen ihre Nachkommen.

Der Rock der Kolumbine verwandelte sich deshalb in die Hose des Pierrot.

Ein hoher, weißer zuckerhutförmiger Filzhut wurde mir etwas schief und keck auf die roten Locken gestülpt. Und am Faschingsdienstag puderte man mir das Gesicht mit Mehl.

Ich erkannte mich nicht mehr im Spiegel. Gleichzeitig entdeckte ich die Vorteile, die eine Verkleidung mit sich brachte. Endlich würde ich das Recht haben, ich selber zu sein, ohne hören zu müssen: »Mach nicht so ein Begräbnisgesicht! Schneide keine Grimassen wie eine Mater Dolorosa!«

Und ich stellte mir in aller Unschuld vor, daß ich dank dieses Kostüms sogar flüchten könne. Wer würde erraten, daß ich, Clarisse, es war?

Mama begleitete mich persönlich zu Tante Beatrix.

Wir machten den Weg zu Fuß, denn im Wagen wären wir zu schnell angekommen, und Mama wollte mir auf dem Weg noch einmal die schwierige Kunst des Schweigens eintrichtern.

Tante Beatrix wohnte in einer der Hauptstraßen der Stadt, in der Prinzregentenstraße. Wir gerieten in eine dichte Menschenmenge. Sie tobte und schrie sich heiser, denn der Faschingszug zog gerade vorbei. Von den Wagen tönten Fetzen von Schlagern, die zur Zeit modern waren: Potpourris von faden Walzern, Militärmärsche und volkstümlich komponierte Bruchstücke von Wagner-Opern.

Betäubt von dem Schauspiel und ein wenig verwirrt vom Anblick der fantastischen Bilder, die uns umringten, hörte ich Mamas Stimme nicht mehr. Auch dachte ich, daß mich mein Kostüm schützen würde. Die Reden der fremden Dame neben mir gingen mich nichts an.

Plötzlich übertönte Mamas harte Stimme den festlichen Lärm der Stadt.

»Hast du verstanden, was ich gesagt habe, Clarisse?«

Ganz in meiner Rolle, antwortete ich höflich:

»Entschuldigen Sie bitte, Clarisse gibt es nicht mehr.«

Mama sah mich einen Augenblick lang entgeistert an.

»Bist du denn ganz verrückt geworden?«

»Ich weiß nicht, wo Clarisse ist...«

»Das wollen wir gleich sehen«, antwortete Mama bissig, und sie zwickte mich grausam in den Arm. Ich schrie auf.

»Aha, du bist also doch da!«

Selbst am Faschingsdienstag verstand Mama keinen Spaß. Ich aber fuhr hartnäckig fort:

»Nein, nein, das bin ich nicht. Ich bin nicht mehr Clarisse! Ich will nicht länger Clarisse sein!«

»Wirklich, sieh mal an.«

Mama zog mich an der Hand hinter sich her, aus der dichten Menge heraus, die unaufhörlich Konfettischlangen, vermischt mit dem Staub der Straße, bunte Papierkugeln und kleine dürre Blumensträuße warf. Vergeblich hatte ich auf den Schutz der Verkleidung gehofft.

Mama zerrte mich in einen Hauseingang. Die erste Ohrfeige ertrug ich schweigend. War ich nicht Pierrot? Ein Junge? Ich trug Hosen, also hieß es tapfer sein.

Mama aber hielt dieses Schweigen für eine Herausforderung, und sie riß mich in einen zweiten und dritten Hauseingang mit sich fort. So hasteten wir von Haus zu Haus, denn sie wollte nicht die Aufmerksamkeit der Pförtnerinnen auf sich ziehen, wenn sie mich allzulange am selben Ort mißhandelte.

Die weiße Mehlschicht des Pierrot war mir in die Augen gekommen. Die Tränen, die diese füllten, waren ganz sicher die von Clarisse!

Mamas Zorn wurde immer größer. Denn es wurde immer unmöglicher, der Kindergesellschaft bei Tante Beatrix einen solch entstellten Harlekin vorzuführen.

»Lache!« befahl Mama. »Vergiß nicht, daß heute Faschingsdienstag ist!«

Ich hatte es gewiß nicht vergessen. Der Fasching heulte, lachte und tobte aus jedem Hauseingang.

Im sechsten Portal begann ich aus der Nase zu bluten.

»Absichtlich«, behauptete Mama. Aber das hieß wirklich, meine Fähigkeiten zu überschätzen.

Bald war mein weißes Kostüm mit Blut befleckt.

»Lache«, schrie Mama mit fürchterlicher Stimme.

Aber wie sollte ich lachen? Vielleicht wenn ich ein großer Künstler gewesen wäre, aber ich war doch nur ein kleines Mädchen. Und die Großen wagten es, dieses düstere Fest Fasching zu nennen! Man durfte nicht einmal während einiger Stunden die Rolle spielen, die zum Kostüm paßte. Der Fasching war auch nur eine große Lüge, eine noch größere Lüge als das tägliche Leben!

Natürlich, das mit Tränen und Blut beschmierte Gesicht eines unglücklichen Pierrot konnte für eine ganz besonders geglückte Maske gehalten werden! Aber es paßte kaum auf ein fröhliches Kinderfest.

Schließlich warf Mama mich geradezu in eine Droschke. Wir fuhren heim. Mein Faschingstag spielte sich in dieser Droschke ab, und der Abend endete für mich ohne Essen.

Die Fastenzeit begann.

Das Wort Fasching, Fastnacht, Karneval, abgeleitet aus dem lateinischen »carne vale«, hieß es nicht »Adieu, Fleisch«?

Hochzeitsgeschenke

Aber einmal haben wir auch gelacht, aus vollem Halse gelacht. Gelacht, bis uns die Tränen wie winzige Wasserfälle aus den Augen stürzten. Ja, wir haben uns vor Lachen festhalten müssen. Wir haben uns satt gelacht. Noch besser, wir mußten fast sterben vor Lachen.

Nie mehr in meinem Leben habe ich eine größere »Lachexplosion« erlebt. Ein Lachen, das mir an Herz und Gliedern weh tat. Ein Lachen, das Stunde um Stunde dauerte.

Mit Hilfe eines etwas älteren Klassenkameraden hatte Justus sich eine fantastische Posse ausgedacht, um sich einmal an Großmutter zu rächen. Eine richtige Filmszene, die ich gern einmal auf der Leinwand sehen würde.

Bodo war der Sohn des Abgeordneten Schindler, Großmutters Nachbarn. Er hatte zwei Leidenschaften: seine Liebe zum Theater und seinen Haß auf Großmutter.

Seit seiner frühesten Kindheit konnte er sie nicht leiden. Unaufhörlich sann er nach neuen Streichen: Er schlich sich in ihren Garten, knickte die Pflanzen, zertrampelte die Beete, riß die Blumen aus, entwurzelte die Sträucher, kurz, fügte ihr dort großen materiellen Schaden zu. Und da dieses der einzige Schaden war, der Großmutters Seele in Wallung bringen könnte, litt sie an zunehmender Schlaflosigkeit, denn sie lag dauernd auf der Lauer.

Aber trotz aller Aufpasserei gelang es Großmutter nie, den Schuldigen zu fassen. Natürlich verdächtigte sie Schindlers Sohn, konnte ihn aber niemals auf frischer Tat ertappen. Listig und gewandt wie ein Fuchs, ließ er sich in keiner Falle fangen. Ohne Spuren zu hinterlassen, verwüstete er den Garten.

Manchmal hatte sie sogar daran gedacht, Fußangeln auslegen zu lassen, als eine von ihr gelegte Falle geschickt von Bodo umgangen worden war. Aber schließlich wagte sie es doch nicht. Sie fürchtete einen endgültigen Streit mit Bodos Vater, einem einflußreichen, mächtigen Manne.

Dennoch verging kaum eine Woche, ohne daß Schindlers Kammerdiener eine von Großmutters Beschwerden aus dem Briefkasten zog oder die Drohung, eine Klage gegen »Unbekannt« einzureichen. Wieder waren Knallerbsen und Springfrösche explodiert, oder kaum mit Erde bedeckte, leere Konservenbüchsen und Flaschenscherben machten einen Spaziergang im Garten geradezu gefährlich.

Gegen diese wöchentlichen Proteste verteidigte der Abgeordnete Schindler sich auf humorvolle Weise.

Er hatte einige hundert Vordrucke anfertigen lassen, die er regelmäßig in Beantwortung von Großmutters Anschuldigungen an diese schickte.

»Sehr verehrte gnädige Frau, ich ersuche Sie hiermit, die Grenzmauer, die unsere beiden Gärten trennt und die seit... Jahren und... Monaten baufällig ist, instandsetzen zu lassen.«

Jede Woche setzte er mit der Hand die freigelassenen Jahres- und Monatszahlen ein.

Diese ausgetauschten »Liebesbriefe« trugen kaum dazu bei, die Beziehungen der beiden Gegner zu verbessern. Freilich, die Kostenanschläge verschiedener Architekten der Stadt, wie die Löcher in der Mauer von Großmutters Garten zu schließen seien, häuften sich auf ihrem Schreibtisch, aber ihr fehlte der Entschluß, die Arbeiten ausführen zu lassen. Da waren die Brombeer- und Himbeerstauden mit ihren Dornen, die wie Stacheldraht um die Löcher wuchsen, weit billiger.

Justus hatte sich einen originellen Racheakt gegen Großmutter ausgedacht. Und Bodo, den er eingeweiht hatte, war außer sich vor Freude, es seiner alten Feindin endlich einmal heimzahlen zu können. Man konnte ihn für viel älter halten, als er war. Äußerst elegant herausgeputzt, machte er den Eindruck eines fast Erwachsenen. Und so sollte er sich in den angesehenen Geschäftshäusern der Stadt als Großmutters Patensohn ausgeben, der sich demnächst verheiraten würde, und in ihrem Namen Bestellungen aufgeben.

Um diese Rolle so glaubhaft wie möglich spielen zu können, schminkte er sich mit der Geschicklichkeit des zukünftigen Schauspielers und klebte sich ein schwarzes Schnurrbärtchen an. Dann zog er in Begleitung seiner Freundin aus, die Lehrmädchen in einem großen Modehaus war und sich für diese Gelegenheit heimlich von ihrer Arbeitgeberin einen Astrachanmantel »ausgeliehen« hatte.

Die »Verlobten« wählten zuerst einmal einen Stutzflügel aus, die nächste Bestellung war ein riesiges Aquarium, gefüllt mit Gold- und Schleierfischen. Danach folgte eine Wäscheaussteuer, ein kostbarer Vogelkäfig mit chinesischen Nachtigallen und verschiedene Arten exotischer Vögel, eine Nähmaschine, mehrere Kisten mit Likör und Sekt, zwei Fahrräder, einige junge reinrassige Hunde, ein Schlafzimmer in nachgeahmtem Empirestil – und das alles zahlbar bei Ablieferung an Ort und Stelle!

In einem anderen Fachgeschäft bestellten sie hundert Stühle für die imaginären Eingeladenen der Hochzeit, einen Küchenchef und drei Oberkellner.

Wahre Schiffsladungen von lebenden Hühnern und Enten und riesige Blumenkörbe wurden bei einem Blumengroßhändler der Münchener Markthallen bestellt. Und natürlich waren die Kunstwerke aus Eis und Krokant, von denen eines das Schloß Neuschwanstein darstellte, nicht vergessen worden.

Die Lieferungen waren alle auf dieselbe Stunde festgesetzt, auf den Mittwoch um vier Uhr, an dem Großmutter ihren »Jour fixe« hatte und alle bösen Klatschbasen der Stadt empfing.

Verborgen hinter den doppelten Vorhängen der Riesenfenster von Bodos Zimmer in Schindlers Villa, die auf die Ludwigstraße und Großmutters Hauseingang einen prachtvollen Überblick gewährten, warteten wir ungeduldig auf die Stunde X.

Wir sahen sie ankommen: Austräger auf dreirädrigen Wagen, kleinere und größere Lastwagen bis zu dem größten, der den Stutzflügel transportierte.

Kisten und Kasten wurden abgeladen und stauten sich mehr und mehr vor der Haustüre an. Die jungen Hunde heulten, die Hühner gackerten, die Vögel schrien vor Angst und vergrößerten noch den allgemeinen Lärm. Nur die Fische verharrten in ihrer anonymen Stille.

Bald standen die Lieferanten Schlange vor Großmutters Haus. Andere gingen ein und aus, gestikulierend, fluchend, zückten ihre Rechnungen, zeigten die Fäuste, außer sich, um ein ansehnliches Trinkgeld gebracht worden zu sein.

Schließlich bildeten sich Gruppen, um diesen unwahrscheinlichen Fall zu diskutieren, Drohungen gegen die »alte Hexe« auszustoßen, die, wie sie glaubten, sich über sie lustig machte. So einen Skandal hatten die ehrbaren Geschäftsinhaber, bei denen sie angestellt waren, noch nicht erlebt.

Zu guter Letzt entstand auch noch ein Verkehrsstau durch die Wagen und Handwagen, die die Auf- und Abfahrt versperrten.

Und was sollte mit der Ware geschehen? Blumen, Früchte, Wildbret? Schloß Neuschwanstein würde schmelzen, wenn es nicht in den nächsten Stunden aufgegessen wurde. Welch eine Katastrophe!

Die Verwirrung hatte ihren Höhepunkt erreicht, als einige Polizisten ankamen.

Beim Anblick dieser Hüter der öffentlichen Ordnung zogen wir es vor, unseren Wachtposten schleunigst aufzugeben und zu Fuß nach Hause zu laufen. Wir mußten unbedingt zurück sein, bevor Mama gewöhnlich nach Hause kam, um keinen Verdacht auf uns zu lenken.

Papa und Mama aßen übrigens nicht mit uns zu Abend. Man hatte sie telefonisch benachrichtigt, und sie waren sofort zu Großmutter geeilt. Papa erklärte mit flüsternder Stimme:

»Großmutter ist in Ohnmacht gefallen.«

Die Pietà von Quinten Massys

Sehr oft, wenn ich zur Schule ging, hatte ich das Gefühl, verfolgt zu werden. Mir war, als rolle unser Haus hinter mir her und stürze im nächsten Augenblick über mich. Von Zeit zu Zeit sah ich mich um, um diese Zwangsvorstellung loszuwerden. In meinen Schläfen war ein schreckliches Getöse. Ein Hammer schlug ein quälendes Tam-Tam gegen meine glühende Stirn. Ach, könnte ich sie nur auf einen Eisbeutel legen!

In der Klasse schaukelte der Raum hin und her. Warum nur hing plötzlich die Lehrerin mit ihrem Stuhl unter der Decke?

In meiner Brust schlug mein Herz Purzelbäume. Und wenn ich nach Schulschluß auf unsere Hausklingel drückte, hatte ich das Gefühl, mein Herz zwischen den Zähnen zu tragen, wie ein Jagdhund ein tödlich getroffenes Wild apportiert. Denn mein Herz schlug mir bis zum Hals.

Mein Blut hatte Ebbe und Flut und brandete in meinen Ohren wie das Meer in Seemuscheln. Fetzen von Melodien tönten in meinem Kopf wie in einer Spieldose, die, einmal aufgezogen, nie wieder zu spielen aufhören wollte.

Das Furchtbarste aber waren die Nächte. Schlaflos wälzte ich mich hin und her. Dann wieder wurde ich plötzlich wach, geschüttelt von einer krankhaften Angst, einer gräßlichen Angst. Im Bett aufrecht sitzend, hielt ich mit beiden Händen mein Herz, jeder Atemzug schmerzte wie ein Dolchstoß. Ich versuchte, lange Zeit meinen Atem zurückzuhalten, bis ich keuche; ich sträubte mich wie eine schon Ertrunkene, Luft zu holen. Und niemand in dem langen, undurchdringlichen Korridor der Nacht, keine menschliche Hand, an die ich mich klammern konnte!

Von solchen Stunden der Unruhe des Nachts geschwächt, überfiel mich dann der Morgen. Es hieß aufstehen und sich wie ein Schatten, der aus der Unterwelt zurückkam, durch die Helligkeit tasten.

An einem Tag, der einer dieser Nächte folgte, wurde mir in der Schule übel.

»Was hast du, Clarisse?« fragte die Lehrerin, »du bist ja ganz blaß.«

Konnte ich ihr antworten, daß ich Angst hatte? Scharlach, Gelbsucht, Diphterie sind offiziell anerkannte Krankheiten, aber die Angst?

Ich hatte Angst vor unserem »Zuhause«. Und wenn ich mich krank meldete, würde man mich von der Schule freistellen und geradewegs »nach Hause« schicken.

»Ich ha ... be nichts«, stammelte ich.

In demselben Augenblick fiel ich um.

Ich wachte in der Krankenstation der Schule wieder auf. Eine Krankenpflegerin streichelte mein Haar. Ich hütete mich, die Augen zu öffnen. Zum ersten Mal in meinem Leben strömte von zwei zarten Händen eine unbeschreibliche Zärtlichkeit in mich ein. Dann fuhren dieselben Hände wie eine leise Brise über meine Schläfen. Welch ein Gefühl! Ich fühlte mich wie im Paradies. Mir schien, als äße ich löffelweise Honig. Plötzlich konnte ich mich nicht länger beherrschen, und meine Finger klammerten sich an die der Pflegerin.

»So, du warst also wach, kleiner Schalk!« lachte sie. Sie richtete mich auf.

Als ich die Arme um ihren Hals warf, drückte sie einen Kuß auf mein Haar; ich schloß die Augen vor Glück.

In diesem Augenblick öffnete sich die Tür. Man brachte ein anderes kleines Mädchen herein, das sich die Hand beim

Fallen aufgeschürft hatte. Es streckte die Hand vor Schreck weit von sich und schrie beim Anblick des Blutes aus voller Kehle.

Die Krankenpflegerin beugte sich über den Neuankömmling mit derselben Zärtlichkeit, die sie soeben mir gezeigt hatte. Ich sagte mir ein wenig bitter: Sie tut ihre Pflicht, nichts weiter.

Die Eifersucht gab mir Kraft, aufzustehen und zu lügen:

»Es geht mir wieder besser, ich möchte in die Klasse zurückgehen.«

»Warte, meine Kleine, bleib brav noch liegen! In ein paar Minuten begleite ich dich nach Hause.«

Nach Hause. Bei diesem Gedanken allein wurde mir wieder übel. Ich mußte mich an der Krankenliege anklammern.

Nach einer halben Stunde hatte ich Mut und Energie genug gesammelt, um wieder auf den Füßen stehen zu können. Ich erklärte, daß ich allein nach Hause gehen könne. Ich reichte der Pflegerin die Hand, ohne sie anzusehen, gekränkt, weil ich nicht die einzige war, der ihre Zuneigung galt.

Betäubt und wie trunken irrte ich durch die Stadt, um dort eine Mutter zu suchen. Hatte ich jetzt nicht zwei Stunden Freiheit?

Von der Menschenmenge weggetragen, sah ich allen Vorübergehenden in die Augen. Endlich einmal hatte ich wirklich Zeit dazu. Nichts verpflichtete mich zu eilen wie sonst üblich. Eine Frau in der Menge würde vielleicht meinen Blick bemerken, würde das kleine, elende Ding, das sich so danach sehnte, gefunden zu werden, mitleidig an die Hand nehmen.

Eine sehr korpulente Dame näherte sich. Sie hatte mehrere Kinder an sich herumhängen: an ihren Händen, an ihrem Rock. Eins, zwei, drei, fünf. So viele Kinder schmiegten sich in ein einziges Herz! Gab es dort nicht auch noch eine kleine Ecke für ein sechstes Kind, für mich? Aber die dicke Dame bemerkte mich nicht einmal.

Eine andere Dame schob einen Kinderwagen vor sich her. Sie hatte nur Augen für dieses kleine Wesen, das in diesem rollenden Körbchen schlief. Die Welt um sie herum bestand für sie nicht mehr.

Ein kleiner Junge machte seine ersten Versuche auf einem Fahrrad. Hinter ihm lief eine anmutige Gestalt, fast noch ein junges Mädchen. Sie schien zu schweben. Und mit welch verliebten Augen sie ihren Sohn verfolgte! Ich beobachtete neidvoll dieses Schauspiel: kühn auf einem Fahrrad dahinrollen und wissen, daß man nicht fallen kann, weil die Liebe einen leitet und mit unsichtbarem Arm beschützt.

Schließlich kam eine Dame in Trauerkleidung auf mich zu. Ein Duft von Hyazinthen ging von ihr aus. Ihre Augen ähnelten den Blütensternen dieser blauen Blume.

Hatte sie nicht gelächelt? Hatte sie mir nicht ein Zeichen gegeben? Vielleicht trug sie Trauer um ein kleines Mädchen wie mich?

Plötzlich war sie verschwunden, aufgelöst wie eine Wolke. Ich ging weiter. Flatterte dort nicht ihr Schleier? Überall flatterten Trauerflore. Mir wurde davon ganz dunkel vor den Augen.

Hat sie wirklich existiert, die Dame in Trauer? Bin ich ihr nicht nur in einem Traum begegnet? Ich werde es nie wissen. Aber es ist sicher, daß ich sie durch ein mächtiges Portal in einen großen Hof eintreten und die Stufen eines großen Gebäudes hinaufschreiten sah. Über dem Tor stand in großen Lettern: Nationalmuseum. Darunter stand auf einem Plakat: Eintritt frei.

Ich schlüpfte zusammen mit einem Besucher hinein. So konnten die Wärter glauben, ich würde begleitet. Ich suchte im ersten Saal meine »Adoptivmutter«. Sie war nicht da. Ich ging weiter. Wie in einem Traum irrte ich von Saal zu Saal. Die roten Plüschkanapees machten das Schweigen noch samtener. Ein seltsamer Geruch strömte von den Gemälden aus, deren starre Gestalten für immer in ihre Rahmen hineinverzaubert waren.

Ein alter Wärter mit einem Seehundbart bemerkte meine kleine Gestalt. Seine schöne Uniform ließ mich anhalten, als er auf mich zukam. Er musterte mich aufmerksam mit seinen blaugrünen Augen und schielte auf den Schulranzen, den ich auf meinem Rücken trug.

»Wen suchst du denn, kleines Fräulein?«
»Ich ... ich suche meine Mutter.«
»So! In welchem Saal ist sie?«
»Ach, wenn ich das wüßte!«

Kaum war mir dieser Schrei des Herzens entfahren, als ich auch schon bekräftigte:

»Dort hinten ist sie ...«

Ich deutete mit der Hand in eine bestimmte Richtung, und während der Zerberus in diese Richtung schielte, flüchtete ich. Wieder begann ich meine Suche nach der Dame in Trauerkleidung. Ohne es zu ahnen, durchlief ich Jahrhunderte: vom Mittelalter bis zur Renaissance, von Flandern nach Italien, von einem Genie zum anderen.

Die Persönlichkeiten entstiegen ihren Rahmen und griffen nach mir. Ich fühlte ihren Hauch, preisgegeben an die Vibrationen, die von ihnen ausgingen. Bald begann mir schwindlig zu werden. Ich konnte mich kaum aus ihrer Gewalt befreien. Und plötzlich blieb ich wie angewurzelt stehen. Etwas Unsichtbares, Ungreifbares hielt mich fest. Eine Kraft entströmte der Wand vor mir. Es war wie ein elektrischer Schlag.

Eine Mutter! Ja, da hing sie, die Mutter, von der ich immer geträumt hatte. Ihre Lider, ihre Lippen, die Rundung ihrer Arme, alles an ihr drückte den Schmerz aus. Selbst die Hand, die den edlen Kopf ihres Sohnes stützte, weinte.

Die göttliche Mutter ähnelte wie eine Schwester der Dame in Schwarz. Hatte sie ihren Platz im Bild eingenommen? Oder haben alle Mütter, die ihr Kind verloren haben, dasselbe Gesicht? Werden sie alle Madonnen?

Vor dieser »Pietà« von Quinten Massys* erlebte ich die-

---

* Quinten Massys (1466–1530), niederländischer Maler

selbe Offenbarung wie damals, als ich die Matthäuspassion hörte. Die himmlische Liebe, die in den beiden Kunstwerken enthalten war, ließ alle Angst, allen Schmerz in mir hinwegschmelzen.

Auf dem roten Kanapee sitzend, betete ich die Mutter Gottes an. Ich ruhte in ihrem Arm. Ihr Herz war allen gemarterten Kindern der Welt offen.

Ich litt, weil ich nie eine Mutter gefunden hatte, sie litt, weil sie ihr Kind für immer verloren hatte: Derselbe Schmerz verband uns. Aber eine neue Liebe entsprang daraus. Diese Mutter würde mich nie wieder zurückstoßen, sie würde mir immer Zuflucht sein. Wie eine unwirkliche Göttin flößte sie mir eine Leidenschaft ein, die mich für all meine Kränkungen entschädigte. Von jenem Tag an hatte ich ein Geheimnis, von dem nie jemand erfahren würde, eine geheimnisvolle und verbotene Liebe. Und wenn ich fortan unglücklich war, schwänzte ich trotz der ungeheuren Gefahren, denen ich mich aussetzte, die Schule, um mich in das Nationalmuseum zu schleichen, wo ich meiner Lieblingsgestalt begegnete.

Ferien

Seit Wochen träumten die Kinder in der Schule von nichts anderem als von den Ferien.

»Noch zwölf Tage! Noch zehn Tage!«

»Nur noch fünfeinhalb Tage«, jubelte Melitta, das Enfant terrible unserer Klasse. Sie warf ihre Mütze in die Luft, fing sie auf ihrem Lineal wieder auf, drehte sie wie einen Kreisel schnell herum und ... pft ... hatte sie sie auch schon dem König aufgesetzt, dessen mit Grünspan bedeckte Bronzebüste das Klassenzimmer schmückte.

»Bedecke deine Glatze, Zeus, mit Wolkenduft«, deklamierte Melitta, die jetzt auf den Stuhl des Lehrers geklettert war.

»Majestät«, schrie sie und verbeugte sich vor der Büste, »Majestät, in sechs Tagen klettre ich mit meinen Brüdern die Bäume hinauf, und wenn ich auf dem höchsten Gipfel angelangt bin, pfeif ich auf Ihren Stammbaum und auf alle vermoderten und verkümmerten Zweige Ihrer Ableger, die schon längst für den Holzhacker reif sind, Majestät...« Wir umringten sie laut auflachend.

»Hinter unserem Gut gibt es einen blauen wilden Wald voller Eber und Wilddiebe. Jedesmal, wenn meine Brüder und ich in diesem Wald verschwinden, ist meine Mutter außer sich und fragt alle, die ihr begegnen: ›Haben Sie die Kinder gesehen? Hat sich keines das Bein gebrochen?‹

Dann antwortet unser alter Diener Leopold ihr lachend: ›Die Kinder werden niemals genug Beine haben für all die

Brüche, die gnädige Frau sich während der Ferien ausdenkt.‹«

Melitta lacht aus vollem Hals. In ihren Zigeuneraugen spiegelt sich schon das Dickicht.

»Dann sucht Mama den Chauffeur, den Pächter, den Gärtner und seine Frau auf. Und nachdem sie allen dieselbe Frage gestellt hat, geht sie in den Salon zurück und spielt uns zu Ehren den Trauermarsch von Chopin. Ihr wißt schon welchen: Ta-ta tita tata-ti-ta-taa, zu dem wir immer das Lied singen: ›In der Wüste der Sahara, ging der Nathan mit seiner Sa-ra-ah‹.

Und jetzt schleichen wir uns wie die Indianer herein, legen Mutter die Hände über die Augen und rufen: ›Rate, Mütterchen, wer von uns sich das Bein gebrochen hat?‹ Ihr solltet sehen, wie sie sich auf dem Klavierstuhl umdreht, weißer als mein Zeichenheft...«

»Wenn es neu ist!« ruft Ilse dazwischen und schüttelt ihre schwarze Wollmähne. »Gewöhnlich ist es vollgeschmiert mit Schokolade und Fettflecken. Und Brüder sind nur dazu da, um sich mit ihnen zu streiten. Ich vertrag mich nicht mit meinen. Ich spiele immer nur mit meinem Freund, dem Sohn unseres Nachbarn. Er heißt Peter. Wir sitzen den ganzen Tag auf der Schaukel. Wehe meinen Brüdern und Schwestern, wenn sie sich über uns lustig machen und singen:

> ›Ilse, die Weise,
> Ist keinen Pfennig wert.
> Aber mit dem verrückten Peter,
> Dieser häßlichen Laus,
> Lebt sie im glücklichen Haus!‹

Sofort stürzt sich Peter auf meinen großen Bruder. Sie rollen im Gras übereinander und ›wärmen sich die Muskeln‹. Jedesmal geht mein Bruder aus dem Kampf mit einem verrenkten Arm oder einer Zerrung hervor, denn Peter ist stark. Der steht seinen Mann.«

Sie macht eine Pause, berauscht von Peters Kraft. Ihre Nasenflügel zittern.

»Wenn ich groß bin, heirate ich ihn. Wir haben uns schon geküßt.«

Wir schweigen alle hingerissen. Ilse betrachtet eine nach der anderen, um unsere bewundernden Blicke einzufangen.

»Puah!« macht Melitta mit einer verachtungsvollen Gebärde.

»Ein Kuß! Das ist nichts anderes als eine Marmelade von Lippen! Da ist es viel interessanter, ins Gebüsch einzudringen, trotz Schlangen und Dornen...«

»Brr, ich krieg eine Gänsehaut, wenn du von Schlangen sprichst«, wehrt die sanfte Irmgard ab.

Melitta warf sich nach hinten zurück und kreuzte ihre nackten Beine. Man konnte ihr weißes Spitzenunterröckchen hervorblitzen sehen. Sie zog ihren Rock herunter:

»Angst vor Ottern, Feigling! Man packt sie hinterm Kopf, drückt sie auf den Stein und durchbohrt sie mit der Spitze eines Stockes. Päng!«

Sie schlug auf das Pult und warf die Tinte um. Dann lief sie zum Fenster, fing eine Fliege und tauchte sie in den dunklen See, der sich auf dem Pult gebildet hatte.

»Melitta!« rief Irmgard flehend und hielt dem unglücklichen Insekt die Spitze eines Bleistifts als Rettungsstange hin. »Hast du denn kein Mitleid mit diesem Tier?«

Aber Melitta stieß sie zurück.

»Puh! Man merkt gleich, daß du nicht aus einer Soldatenfamilie stammst. Mitleid? Was ist denn das? Eine Medizin? Du hättest sicher geheult, wenn du die Schmetterlinge gesehen hättest, die ich vorigen Sommer auf Stecknadeln aufspießte! Sie sträubten sich noch tagelang.«

Bettina mischte sich ein:

»Melitta, ich werde nie wieder mit dir sprechen. Wer Tiere quält, hat ein schlechtes Herz. Letzten Sommer öffnete ich heimlich alle Fallen, die unser Jagdhüter gelegt hatte, um das Leben der Wiesel und Marder zu retten.«

»Heilige Unschuld! Mammapüppchen!« spottete Ilse. »Peter und ich, wir zerstückelten die Eidechsen mit kleinen Steinschleudern. Wir erspähten sie, als sie auf den Felsen ihr Sonnenbad nahmen! Im übrigen kannst du das sowieso nicht verstehen, alberne Trine! Hast du einen Freund? Sicher nicht, Gelbschnabel, du hast ja nicht einmal einen Bruder! Ferien ohne Jungen, das sind keine Ferien!«

Ach! Das war leider nur zu wahr! Sechs Wochen lang würde ich von Justus getrennt sein.

Jedes Jahr fuhr er mit Papa in die Berge, während ich dazu verurteilt wurde, Mama in einen Kurort zu begleiten.

»Nicht traurig sein, Schwesterchen«, sagte Just am Vorabend seiner Abreise. »Ich habe dir eine Tafel Lindtschokolade gekauft. So, jetzt sieh mir in die Augen. Wer zuerst lacht, hat verloren.«

Um mir diese Schokolade kaufen zu können, hatte Justus wieder einmal einen Griff in Mamas Geldkassette gewagt.

»Sieh her! Hier hast du eine Ahnung, wie meine Ferien aussehen werden.«

Justus nahm einen großen Bogen Papier und zeichnete: »Just, einen Berg erkletternd«, »Just, Edelweiß pflückend«, oder »Just, einem Traum nachjagend«.

»Schwöre mir, Just, daß du dich nicht auf solche gefährlichen Gipfel wagen wirst.« Er schwor auf Knabenart, ohne auch nur daran zu denken, was er versprach. Dann zeichnete er noch »Just, im Wildbach schwimmend«.

»Juju, und wenn du darin ertrinkst?«

»Aber nein, mein Schäfchen, das sind doch nur Zeichnungen! Diese Bäume und diese Blumen entstammen meiner Fantasie und finden sich in keiner Enzyklopädie. Der See auch nicht. Wie willst du also, daß ich in einem See ertrinke, den es gar nicht gibt?«

Justs Logik war immer unwiderlegbar.

Um mich aufzuheitern, setzte er auf die Spitze eines Baumes den Raben aus La Fontaines Fabel.

»Du weißt schon, den, der den Käse im Schnabel hält.«

Ja, ganz so stellte ich mir die Ferien vor: wie eine Fabel. Aber nichts glich dem berühmten Kurort, in den ich Mama begleitete.

Als einziges Grün gab es dort nur einen künstlichen Park mit schmächtigen Pflanzen und Wegen aus rotem Sand, sorgfältig geharkt.

Den Hauptanziehungspunkt bildete der Musikpavillon, in dem morgens, nachmittags und abends eine Kapelle von zwanzig schlecht ernährten Musikern sich bemühte, ihren Instrumenten längst veraltete Musik zu entlocken.

Drei Tage nach unserer Ankunft spielte das Orchester kein einziges Programm mehr ohne Wagneropern. Die Erklärung dafür fand ich in unserem Hotelzimmer auf einem violetten Briefbogen, der so parfümiert war, daß er meine Geruchsfantasie erregte, so daß ich der Versuchung nicht widerstehen konnte, Mamas Schreibtischschublade zu öffnen. Während ich den Duft einatmete, wurden meine Augen von der großen Keilschrift angezogen, deren Buchstaben in grotesken Schnörkeln endeten.

Ich las: »Meiner Isolde, dir allein ... auf ewig ... Dein Tristan.« Und auf einem anderen Blatt: »Meiner Elsa ... Dein Lohengrin, der Dich bald befreien wird ...«

Dieser »Tristan« war der Dirigent des Sommerorchesters. Wir hatten seine Bekanntschaft im Musiksalon des Casinos gemacht, wo Mama mich wie jedes Jahr zwang, mich am Flügel zu produzieren, bis wir auf diese Weise für die Dauer der Saison einen »Onkel« gefunden hatten. Wenn Mama mir das ganze Jahr über teure Klavierstunden bezahlen ließ, mußte das bestimmt irgendeinem mir verborgenen Zweck dienen!

Von der Musik angezogen, näherten sich die gelangweilten Hotelgäste und knüpften Gespräche mit Mama an, indem sie sie beglückwünschten, eine so begabte Tochter zu haben.

Hinter mir stehend, blätterte sie mir die Seiten um und

warf mir zärtliche Blicke zu, den Kopf graziös zur Seite geneigt. Ich beobachtete jedesmal ihr Spiel im glänzenden, aufgeschlagenen Deckel des Flügels.

Der Erfolg dieses Manövers ließ nicht lange auf sich warten. Die Préludes von Bach, den ich über alles liebte, schienen Mama für ihre Ziele wenig geeignet, und sie ließ mich mit Vorliebe Sindings »Frühlingsrauschen« spielen, für mich wiederum eine platte, banale Aneinanderreihung von Tönen.

Nun, gerade das »Frühlingsrauschen« lockte einen italienischen Dirigenten herbei, einen Großsprecher und Aufschneider. Von der Wichtigkeit seiner Person durchdrungen, glaubte er, aus der Lende Jupiters entsprungen zu sein, und stolzierte wie ein Pfau vor Mama hin und her. Und um ihn für so viele Anstrengungen zu belohnen, erklärte Mama ihm alsbald, daß sie nur *eine* Leidenschaft im Leben habe: Wagner. Dieses Geständnis zeigte stets seine Wirkung.

Sobald wir uns seitdem dem Musikpavillon näherten, begann der Maestro ein wahres Ballett aufzuführen und versuchte, sein Orchester anzufeuern.

Diese Szene wiederholte sich täglich. Ich mußte neben Mama sitzen und hörte von neun bis elf und von drei bis fünf schlecht gespielte Ouvertüren von Wagner. Ich besaß unglücklicherweise nicht – wie Justus – die Gabe, mich freiwillig des Gehörsinns zu berauben, indem ich einfach nicht zuhörte.

Wie eine Libelle, die stundenlang über dem Spiegel des Sees vibriert vor dem bräutlichen Flug, spiegelte Mama sich stundenlang vor dem Spiegel des Hotelzimmers, bevor sie dem Provinztristan entgegenflog.

Ihre Garderobe erregte Aufsehen.

»Mein Töchterchen will keine Minute der Musik versäumen«, erzählte sie jedem, der es hören wollte.

»Möchtest du nicht lieber spielen gehen, Kleine?« fragte man.

Mama schüttelte für mich den Kopf, und ich beeilte mich,

sie zu imitieren. Ich wußte: Es hieß sitzen bleiben, ohne sich zu rühren, sonst würde ich heimliche Kniffe in den Arm bekommen. Ich wußte auch, daß ich eine begeisterte Miene zeigen mußte wegen des Publikums. Auch durfte ich mich wegen meines fein plissierten Kleides kaum bewegen. Der einzige Lichtblick in diesen beiden Stunden, die kein Ende nehmen wollten, war der Augenblick, wo ich sagen konnte: »Ich bitte um Entschuldigung, darf ich einen Augenblick verschwinden?« Fünf Minuten Verschnaufpause.

»Gib acht auf die Kieselsteine... zerkratze deine neuen Schuhe nicht! Und schwitze nicht in deinen weißen Glacéhandschuhen!«

Nicht schwitzen, mittags, Mitte August! Gegen das Schwitzen gab es wohl ein Vorbeugemittel: die Handschuhe auszuziehen, aber...

Ich hielt mich also kerzengerade und unbeweglich und beneidete die Kinder, die nach Belieben herumlaufen konnten. Traurig sah ich nach dem benachbarten Wald, dessen Vögel man nicht hören konnte, denn die Musik übertönte ihre Lieder.

Dort, zwischen den Goldammern, Wachteln und Bachstelzen hätte man in den Gebirgsbächen herumwaten können, anstatt Füße zu haben, die in den Lackschuhen brannten! Dort gab es Bäume, gegen die man sich lehnen konnte, und Moos und Farn, in denen die Heidelbeeren darauf warteten, gepflückt zu werden.

Beifallsklatschen ertönte. Erschrocken sah ich auf meine Handschuhe. Sie waren tadellos! Die Heidelbeeren meines Traums hatten nicht auf sie abgefärbt.

Mama zupfte die Seidenschleife in meinem Haar zurecht, steckte mir gerade in dem Augenblick, als der Dirigent zu uns hersah, ein Bonbon in den Mund und flüsterte:

»Bedanke dich bei Maestro Alberto!«

»Bedanken? Wofür?«

»Ja, wo hast du denn wieder Augen und Ohren? Für ›O du mein holder Abendstern‹. Er hat das Lied nur für uns gespielt.«

Rot vor Scham schob ich mich zwischen den Stuhlreihen hindurch, in denen zischelnde oder lesende, strickende oder häkelnde Damen sich die Langeweile vertrieben. Was ging mich der »holde Abendstern« an! Mein Lehrer, Kantor Knall, hatte mir gesagt: »Es gibt nur drei große Musiker: Bach, Mozart und Beethoven.«

»Danke vielmals, Maestro!«

»Engel meines Herzens! Wonne meiner Augen!« Der Maestro wiegte sich in den Hüften hin und her wie eine Frau, warf in Mamas Richtung einen schwermütigen Blick und küßte mir die Hand, die Wirkung einkalkulierend, die diese auf das Publikum ausüben würde. Dann verschwand Mama bis zum Abendessen. Ich wurde ins Hotelzimmer eingesperrt und mußte Ferienaufgaben machen, Rechnen oder Grammatik. Um sicher zu sein, daß ich nicht entwischte, band Mama mich mit dem Ledergurt eines unserer Handkoffer am Stuhl an. Sie hängte das Schlößchen daran und steckte den Schlüssel ein. Ich konnte mich also im Zimmer nur mit dem Stuhl auf dem Rücken vorwärtsbewegen – wie die Schnecke in ihrem Häuschen.

Trotzdem waren diese Arbeitsstunden die schönen Zeiten der Ferien. Sobald Mama das Zimmer verlassen hatte, verwandelte sich alles. Das einfache Mobiliar nahm einen wohlwollenden Ausdruck an. Das Holz, aus dem es gemacht war, schien zu atmen, sich zu entspannen. Das kleine Stück Himmel, das man durch das Fenster sehen konnte, vergrößerte sich.

Obgleich ich gefangen war, empfand ich eine Art Glück, das mich für eine Weile die Algebraaufgaben vergessen ließ.

Ah, die Rechenaufgabe mit den drei Schülern, die Mama ausgesucht hatte!

Drei Schüler nehmen viermal am Tag den Zug, um zur Schule zu fahren. Die Fahrt dauert fünfzehn und eine halbe Minute. Wieviel Stunden sitzen sie jährlich im Zug, wenn man fünf Tage Schule wöchentlich rechnet?

Dazu hieß es noch, von der in Frage kommenden Zeit drei Eisenbahnunglücke abzuziehen, die Ausbesserungsarbeiten der Bahn und den Weg des königlichen Sonderzuges. Aber das war nicht alles.

Jeder der Schüler bekam eine Krankheit, die ihn hinderte, den Zug zu benutzen ... kurz, das Problem war unlösbar. Wenigstens für mich. Die Zahlen mit ihren sich kreuzenden Lassos, ihren serpentinenförmigen Köpfen schienen unglückbringende Zeichen zu sein, die Geheimschrift eines Dämons. Die Lösung der Rechenaufgabe bestand schließlich nur in der Anzahl der Schläge, die ich wegen des Verbrechens der Faulheit bekommen würde.

Sechs Wochen können sehr schnell und sehr langsam vergehen. Für Melitta und Ilse waren es sechs Tage, für mich sechs Jahre.

Noch bevor unser Aufenthalt sich seinem Ende näherte, hatte sich die Atmosphäre vollkommen verfinstert.

Eines Morgens beauftragte Mama mich, dem Maestro eine Notiz zu überbringen, und mich überfiel ein tolles Lachen. Es kam mir so vor, als habe der Maestro sich in einen Hahn verwandelt und tripple auf dem Podium hin und her, hochmütig seinen roten Kamm schüttelnd und mit den Flügeln schlagend.

Natürlich beschwerte er sich bei Mama. Im Hotel machte Mama mir eine fürchterliche Szene.

»Du wirst den Maestro um Verzeihung bitten!«

Empört schüttelte ich den Kopf. Mama packte mich beim Haar und schleifte mich in eine Ecke.

»Du wirst dich bei dem Maestro entschuldigen!«

»Nein, niemals!«

Mama drohte, mich an den Haaren an der Decke aufzuhängen, bis zum Abendessen. Aber ich war bereit, die Folter des Skalpierens zu ertragen, wie die Chinesen, die ich eines Tages im Zirkus gesehen hatte, an ihren langen schwarzen Zöpfen hängend.

Als es fünf Uhr schlug, zerrte Mama mich am Stuhl fest

und ging fort. Sie würde erst spät abends zurückkommen, und ich würde, wohlgemerkt, kein Essen erhalten.

»Überlege es dir gut, während ich weg bin. Ich werde dich töten, wenn es nötig ist, aber du wirst den Maestro um Verzeihung bitten!« hatte sie beim Weggehen geschrien.

Das Geräusch des Schlüssels, den sie zweimal im Schloß herumdrehte, löste in mir eine fürchterliche Panik aus.

Da sie mich doch töten wollte, war es schon das beste, meinen eigenen Tod zu sterben. Im nahen Wald gab es sicher Tollkirschen, von denen ich wußte, daß sie tödlich waren.

Mit viel Geduld sägte ich mit einem kleinen Taschenmesser den Riemen durch.

Als ich dem Zimmerkellner klingelte, um Tee zu bestellen, öffnete er mit dem Nachschlüssel.

Als er mit dem Tablett wiederkam, war das Zimmer leer. Ich hatte Reißaus genommen. Ich lief, bis mir der Atem ausging, ohne anzuhalten. Schon war ich tief im Wald. Obwohl mein Herz aufzuhören schien, in meiner Brust zu schlagen, durfte ich mir keine Rast erlauben und die Stille des Waldes genießen. Ich hatte keine Zeit. Ich mußte mich beeilen zu sterben. Es hieß, so schnell wie möglich die Tollkirschen zu finden.

Ich suchte sie am Wegrand, im Moos, zwischen den Wurzeln der Tannen, im Farnkraut. Beim Anblick der hohen, undurchdringlichen Himbeer- und Brombeerstauden erinnerte ich mich an Irmgard, die Angst vor Schlangen hatte. Mir machte nichts mehr angst. Ich hoffte im Gegenteil, auf eine zu treten, die mich töten würde.

Ach, weder Schlangen noch Tollkirschen im Untergehölz! Die Dämmerung begann über die blühenden Wiesen zu sinken, in denen schon Margeriten und Wildrosen die Blumenblätter für die Nacht zusammenfalteten. Hatten Giftpilze nicht dieselbe Wirkung? Ich begann, nach Fliegenpilzen zu suchen. Brombeerstauden zerfetzten mir das Kleid. Moorpfützen, in die ich versank, weichten meine Lackschuhe auf und machten aus ihnen Pappe.

Es gab keine Rückkehr, die Todesstrafe war jetzt unvermeidlich.

Auf schwarzen Panthertatzen schlich die Nacht heran.

Alle möglichen Geschichten über im Wald verlorene Kinder fielen mir ein. Schon nahmen die Zweige der Sträucher die abenteuerlichsten Formen an. Frösche quakten seltsam. Drohende Eulen mit funkelnden Richteraugen saßen auf den Bäumen. Und die Hexen lauerten auf mich.

Bald war ich nichts mehr als ein kleines gehetztes Tier, das zwischen den zornigen Adern der Wurzeln dahinkroch.

Schließlich schleppte ich mich in eine kleine Tannenschonung, die völlig verwachsen war. Ein Reh sprang von seinem Lager auf, als ich auf seinen Unterschlupf stieß, streifte mich und gab einen ängstlichen Laut von sich. Wer von uns beiden hatte wohl erschrockenere Augen?

Aber, o Wonne! Am Eingang dieser Lichtung stand ein Busch voll roter Beeren. Es mochten süße sein oder bittere. Ich verschlang so viele, wie ich konnte, mit großem Mut. Dann legte ich mich auf das Lager des Rehs, um zu sterben.

Nebel sank auf meine Augen. Wie von weither hörte ich einen Vogel. Er erinnerte mich an die Frage, die Siegfried dem Waldvögelchen stellt:

»Sterben die Mütter alle an ihren Kindern?«

Schon halb betäubt, wollte ich fragen:

»Sterben die Kinder alle an ihren Müttern?« Da hörte ich Just rufen:

»Riri! Wo bist du?«

Und wie in unseren Spielen antwortete ich:

»Hier, Brüderchen, hier!«

»Riri, wir werden nie wieder voneinander getrennt werden.«

»Nein, nie wieder, Juju!«

Gegen Morgen fanden Holzfäller ein schlafendes Kind. Die Beeren hatten wie Opium gewirkt, und ich mußte acht Tage lang das Bett hüten.

Sobald ich wieder auf den Beinen stehen konnte, verließen wir den Kurort und kehrten heim.

Am Tag unserer Abreise brachte man Mama einen großen Strauß roter Rosen, den eine parfümierte, goldgeränderte Visitenkarte schmückte, auf der zu lesen stand:

»Tannhäuser seiner unvergeßlichen Elsa zur Erinnerung!«

Das Duell

Wir fuhren heim, aber nur, um das Gepäck zu wechseln. Mama wäre sich entehrt vorgekommen, wenn sie ihren Bekannten hätte beichten müssen, daß sie die Hälfte der Ferien in der Stadt verbracht hatte.

Alles, was als Mitglied der guten Gesellschaft zählte, befand sich augenblicklich entweder am Strand der Nord- oder Ostsee, oder in den Alpen. Würden wir Justus wiedersehen?

Ach, ich erfuhr, daß mich tausend Meter von Bergwänden von meinem Bruder trennten. Da Papa eine Vorliebe für Gletscher hatte, erklärte Mamas Arzt – ein guter Psychologe –, sie dürfe eine mittlere Gebirgshöhe nicht überschreiten.

So beschloß Mama, vor der Langeweile der geschlossenen Fensterläden und Geschäfte im August in einem zur Zeit in Mode gekommenen Kurort in den Alpen Zuflucht zu suchen.

Jetzt kehrten wir beide in die von Kampfer und Naphtalinöl durchtränkte Wohnung zurück. Diese Produkte sollten das Mobiliar gegen Motten, Milben und gegen jenes unsichtbare Nagetier, die Zeit, schützen, die jeden noch so wild verteidigten Familienbesitz gierig in Staub verwandelt.

Die schweren Vorhänge aus Damast oder Brokat waren in enge baumwollene Schutzhüllen gezwängt worden und sahen wie dickbäuchige Schläuche aus. Die nackten Fenster, die mit Verbandsstoff ähnlichen Schleifen umwickelten

Kronleuchter, die mit Schonern verhangenen Lehnstühle, die Betten unter ihren Leinenschonbezügen, die mit Pfefferkörnern gegen Motten bestreuten Plüschteppiche verwandelten die ohnehin schon leblose Wohnung in einen Alptraum.

Ein fahles Zwielicht sickerte durch die heruntergelassenen Jalousien, und im Halbdunkel, das einen durch die stehende scharfe Luft im Hals schmerzte, mußte ich Mama helfen, in Schubladen und Schränken zu wühlen, die mit etikettierten Schachteln und Paketen gefüllt waren, alle von Erna und Oranie in pedantischer Ordnung jeweils zwei Zentimeter voneinander getrennt, bevor sie ihren zweimonatigen Ferienurlaub angetreten hatten.

Wie viele Pakete mußten wir öffnen und wieder schließen für jenen Urlaub im Gebirge! Mit Hilfe von Schlägen auf Finger und Hände habe ich an jenem Tag alle möglichen Variationen von Knoten, vom Fischer- bis zum Weberknoten, gelernt, gegen die der gordische Knoten sicher nur ein Kinderspiel war. Und mehr als einmal war ich versucht, meinen Kopf in eine von den Schlingen zu legen, um ein für allemal vom Anblick der Pakete befreit zu sein, die so unnötig für das Wohl der menschlichen Seele sind.

Im Gebirgsdorf fühlte ich mich Just näher als in dem Kurort. Wenn ich mich aus dem Fenster beugte, konnte ich auf dem großen Platz einen alten Brunnen sehen. Mit den Augen streichelte ich seine drei Wasserspeier, die von weitem wie riesige Zuckerstangen aussahen. Vielleicht kam dieses Wasser von Justs Gletschern. Ich wurde durch den Gedanken getröstet, daß wir durch die Quellen, die Sturzbäche, die Furten und die Schluchtwasser desselben Berges vereint sein könnten. Vielleicht hörte er zur selben Zeit wie ich ihr mitreißendes Rauschen. Sicher aber entzückte ihn zur selben Stunde wie mich das Abend- und Morgengeläut des Angelus.

Denn jede Gemeinde war stolz auf ihre kleine Kirche, und unsere hatte sogar einen schiefen Turm wie jener in Pisa.

Die Einheimischen wollten uns glauben machen, dieses Phänomen käme von einem Bergrutsch. Aber der Turm war ganz einfach betrunken. Betrunken von Musik, berauscht von dem Glockenspiel, das unaufhörlich seinen erzenen Alkohol in die durstigen Herzen goß.

Die Schwingungen berührten mich so nah, daß ich mich zu dem Turm beugte, weil ich glaubte, die Töne berühren zu können. Sie versetzten mich in einen Zustand von himmlischer Trunkenheit.

Alle Dorfbewohner waren übrigens, ähnlich wie der Turm, mehr oder weniger betrunken, wenn nicht vom Glockenspiel, so von übermäßigem Biergenuß.

Zweimal in der Woche fuhr der schwere Brauereilastwagen, den zwei prächtige, ihre blonden Mähnen schüttelnde Percherons zogen, vor der Gastwirtschaft vor. Das Ausladen der Pyramiden von Bierfässern war ein Ereignis für das Dorf. Man feierte es bis in die Nacht hinein. Gegen Abend luden Gitarren, Akkordeons und Ziehharmonikas zum Singen und Tanzen ein.

In ihren kurzen Lederhosen und weißen, bestickten Wollsocken sprangen die Burschen umher und schlugen sich laut und lärmend auf Schenkel und Sohlen. Ihre genagelten Schuhe stampften den Rhythmus, während ihre Partnerinnen sich wie Kreisel um sie drehten und dabei ihre blütenweiße Wäsche unter ihren Röcken sehen ließen.

Der Sitte nach luden die schönsten Burschen des Dorfes die eleganten Städterinnen ein, mit ihnen den Ball zu eröffnen. Die Damen trugen bei dieser Gelegenheit das kleidsame bayrische Kostüm: schwarzes, vorne geschnürtes Mieder über der weißen Bluse mit den weiten, ballonförmigen Ärmeln und dem weiten, geblümten Rock, der sich über sechs gestärkten Spitzenunterröcken bauschte.

Mama war von allen die Schönste. Von ihren brennenden, verderbten Augen angezogen, stritten sich die jungen Leute darum, mit ihr tanzen zu dürfen. Ich diente ihr, wie stets, als Ehrendame. Auf diese Weise würden die Feriengäste aus unserer Stadt bei der Rückkehr nichts zu klatschen haben.

Der blonde Lutz, Adonis des Dorfes, Sohn des reichsten Geigenbauers der Gegend, berühmt für die Instrumente, die er herstellte, und Adolf, der Sohn des Besitzers des Gasthofes »Zum Goldenen Hirsch«, zeigten sich immer eifersüchtiger wegen Mama – die diesem Spiel geschickt nachhalf – und immer streitsüchtiger.

Sie waren die Führer der beiden Jugendgruppen am Ort und glaubten sich jeder in seinem Vorrecht beeinträchtigt. Wegen spitzer, hitziger Reden, wegen Beschimpfungen wurde man schließlich handgreiflich. Jeder sah die Katastrophe kommen.

Und der Abend kam, an dem Mamas berechnende, schlangengleiche Verführungskunst es fertigbrachte, die Leidenschaft der beiden Jünglinge zur Explosion zu bringen.

Sofort bildeten sich zwei Parteien, die, vom Genuß von gut hundert Litern Bier in Wallung gebracht, den Gästen des »Goldenen Hirsch« drohend gegenüberstanden.

Die Gruppe um Lutz ermunterte und begleitete mit sardonischem Gelächter die Provokationen ihres Chefs. Die andere Gruppe von halbwüchsigen Raufbolden umgab Dolfi und feuerte ihn an, als er mit hysterischer Stimme allerlei Gotteslästerungen ausstieß, die in dieser überaus frommen Gegend geläufig waren. Man hörte: »Komm her, feiger Christenhund, Abendmahlskelch-Pisser, Hostienfresser!«

Während der blonde Lutz, der aus so vielen Messerstechereien siegreich hervorgegangen war, Siegfried glich, erinnerte der satanische Dolfi an einen ländlichen Mephisto. Sein bestialisches Kinn drückte deutlich den sadistischen Wunsch aus zu zerstören. Die Augen traten ihm aus dem Kopf, und die rabenschwarzen Haare, deren Spitzen über die Augenbrauen geklebt zu sein schienen, entblößten das Dreieck einer brutalen und häßlichen Stirn.

Die beiden Gegner warfen die Jacken von sich und zogen

aus ihren Stiefeln die langen Messer mit den Hirschhorngriffen.

Die Gäste des »Goldenen Hirsch« bildeten einen Kreis und bereiteten den zwei Feinden eine gewaltige Ovation. Man glaubte sich in eine Arena der Gladiatoren versetzt. Jedermann hoffte auf einen Kampf um Leben und Tod.

Mama – der eigentliche Grund dieses Kampfes – stand natürlich in der ersten Reihe. Um mein zitterndes Handgelenk hatte sie ihre eiserne Hand wie eine Handschelle geschlossen.

Lutz tobte:

»In fünf Minuten wird deine Mutter Trauer tragen!«

Adolfs Anhänger rasten:

»Er muß verrecken, Dolfi! Mach Blutwurst aus ihm!«

An Mamas Hand gefesselt, versuchte ich mich zu befreien, um dem schrecklichen Schauspiel zu entfliehen. Aber Mama zischte mir ins Ohr:

»Ist es möglich? Meine Tochter ein Hasenherz! Schau dir die Dorfkinder um dich herum an! Du Memme! Morgen studierst du in deinem Schulbuch die Seiten über die spartanische Erziehung.«

Ich stammelte:

»Ich bin doch nicht in Sparta geboren, also . . .«

Mama schloß mir den Mund mit einem kräftigen Schlag ihres beringten Handrückens.

»Sieh mal an! Du wagst es, deiner Mutter zu widersprechen! Ich habe damit gerechnet und in meinem Koffer die Peitsche mit den neun Riemen mitgenommen.«

Ich begann an allen Gliedern zu zittern. Nicht vor der Peitsche mit den neun Riemen, aber vor dem Massaker vor meinen Augen. Die beiden Männer hatten sich schon mehrere Messerstiche versetzt.

Wie rote Fahnenstreifen flatterten die Fetzen ihrer zerschlitzten Hemden im Wind. Sie bluteten stark, und ihr heftiger Atem – oder vielmehr ihr Röcheln – ließ meine Zähne klappern. Wie, wenn ich die Augen schloß? Ach, ich hatte nicht mit Mama gerechnet, die – wie Argus, der Höllenhund – stets nach allen Seiten fünfzig ihrer hundert Augen offenhielt.

»Mach die Augen auf!«

Die Zuschauer, nach mehr und mehr Blut lechzend, tobten. Gierige Bravo-Rufe prasselten auf die beiden Feinde nieder und feuerten sie an.

Lutz begann unter den Aderlässen Kraft zu verlieren, er schwankte. Aus drei Öffnungen seines Körpers spritzte das Blut.

Ich konnte nicht mehr. Tränen schossen mir in die Augen.

»Keine Heulszene hier!« befahl Mama. »Mitleid ist das Laster der Schwächlinge!«

Und wenn ich einen der verbotenen Götter um Schutz für Lutz anrief? Hatte Just mir nicht gesagt, daß der größte Dichter aller Zeiten, Jesus Christus, der vorgab, Gottes Sohn zu sein, gepredigt hatte: »Liebe deinen Nächsten wie dich selbst«?

Und verachtungsvoll die Peitsche mit den neun Riemen herausfordernd, schrie ich, so laut ich konnte:

»Um Christi willen, tötet euch nicht!«

Mama zog mich so fest an den Haaren, daß ein Büschel davon in ihrer Hand zurückblieb. Aber meine äußerste Seelenqual machte mich unempfindlich für körperliches Leid.

»Noch so einen Ausruf, und ich verhaue dich öffentlich! Außer deinem exaltierten, neubekehrten Onkel Max ist man in unserer Familie immer ohne Gott ausgekommen. Dein Großvater hätte niemals gegen den Willen seiner Eltern die Studien dieses schwarzen Schafes der Familie zahlen dürfen.«

Ich bemühte mich, meinen Blick blind zu machen und nach innen zu sehen. Ich dachte instinktiv an Onkel Max. Ich hatte für ihn immer eine maßlose Bewunderung empfunden, für das, was Großvater so stolz sein »Genie« nannte. Wie mir Tante Harriet erzählte, war Max in seiner Schulzeit ein Taugenichts und, an seiner Begabung gemessen, für faul erklärt worden, bis ihn Großvater, die Persönlichkeit des Jungen erkennend, in das Institut von Professor Römer brachte und später für seine Universitätsstudien aufkam.

Durch Tante Harriet wußte ich auch, daß Großvater einen Brief von Professor Rudolf Eucken besaß, in dem stand: »Max Scheler wird eines Tages eine Zierde Deutschlands werden.«

Ich hatte mich schon ein paarmal zu Onkel Max geschlichen. Ohne daß ich je von mir aus eine Anspielung machte, erriet er unser Drama. Sagte er mir doch eines Tages:

»Jeder von uns ist schuldig am Verbrechen des anderen, mein Kind. Man muß die Ursache des Bösen in einem Menschen in dem Mangel an Liebe aller zu dem Träger des Bösen suchen.«

Natürlich verstand ich nicht recht, was er meinte, aber der Umstand allein, daß er von der himmlischen Liebe sprach, ließ mein Herz begeistert schlagen.

Als idealer Verbündeter hielt er meine Besuche bei sich immer geheim. Niemand von der Familie – an deren Mitglieder er sich mit beißender Ironie erinnerte – hat je etwas von diesen verbotenen Besuchen erfahren. Ich muß eingestehen, es war nicht nur ein geistiges Bedürfnis, das mich zu ihm trieb. Die mit Likör gefüllten Schokoladenbonbons, mit denen er und seine Frau mich fütterten, zogen mich ebenso stark an. Nach dem zwanzigsten Bonbon geriet ich gewöhnlich in einen Zustand glücklicher Heiterkeit. Die edelsten Maximen hätten mich nicht mehr berauschen können.

Dieser leichte Rausch wurde durch die Augen meiner Tante noch erhöht. Sie waren so riesig, daß sie über die Augenhöhlen hinauszureichen schienen, und ihre Schwärze gab ihnen eine unergründliche Tiefe.

Mit der überschwenglichen Leidenschaft der Kinder für Schönheit, die noch nicht dem Zwitterwesen entwachsen und in sexueller Verwirrtheit ungewiß sind, auf welches Objekt sie die angestaute, hermaphroditische Liebe richten sollen, prüfte ich mit gierigem Blick das Geheimnis dieser zwei mit dunkler Melancholie gefüllten Augen.

Ich konnte freilich nicht wissen, daß ihre Traurigkeit der Unbeständigkeit des späteren Autors der »Phänomenologie der Sympathiegefühle« zuzuschreiben war, daß der große Ethiker – ein Opfer des weiblichen Phänomens – die schwarzen Juwelen dieser Augen zuweilen durch zwei andere, ebenso große Augen ersetzte, aber dieses Mal aquamarinblaue; es waren die seiner zweiten Frau Edith, der Schwester des Dirigenten Wilhelm Furtwängler.

Die Zukunft gab Großvater recht. Die Werke von Onkel Max Scheler, die einen anderen berühmten Denker, Martin Heidegger, inspirieren sollten, bestätigten seine Bedeutung in der Philosophie.

Ach! Warum nur war ich nicht Philosoph wie er! Ein Philosph erträgt überlegen alle Prüfungen. Just, der heimlich das Buch eines französischen Philosophen las, hatte mir »Candide« als Beispiel genannt. Und da stand ich, an der Grenze meiner Kräfte, bereit, in Ohnmacht zu fallen.

Die beiden gegnerischen Gruppen warfen sich unflätige, wütende Flüche zu. Man begann zu wetten.

Dolfis Gesicht war von blutigen Schmissen bedeckt und hatte nichts Menschliches mehr. Er verstärkte die Grausamkeit.

Lutz, zerfetzt, geblendet von einem Strom von Blut, außer sich vor Wut, stürzte sich auf ihn mit der Kraft eines verwundeten Stiers. Es gelang ihm, dem Feind eine Ader des linken Arms zu durchschneiden, aber er hatte sich in seinem Zorn unvorsichtigerweise Dolfis Messer ausgesetzt. Dieser rammte es Lutz mit einem meisterhaften Stoß mitten ins Herz. Lutz blieb noch einige Sekunden lang stehen. Der Hirschhorngriff schmückte seine Brust wie ein Juwel. Dann fiel er ohne Laut tot um. Tosender Beifall erhob sich. Dolfi wurde von seinen Bewunderern im Triumph hochgestemmt und verschwand im Maquis der Alpen, rechtzeitig vor der Ankunft der Gendarmen.

Der Brandstifter

Wie Justus gewachsen war! Schon immer hatte ich mich auf die Zehenspitzen stellen müssen, um ihm einen Kuß geben zu können. Aber jetzt genügte auch das nicht mehr. Er mußte sich zu mir herabbeugen.

»Schwesterlein!« Er sah mir in die Augen. Seine Augen waren noch blauer als der Gebirgsenzian, den er, gepreßt in seiner lateinischen Grammatik, aus den Ferien mitgebracht hatte.

»Das riecht nach Alpen, nicht?«

Ich nickte. Ich roch alles, was er wollte. Die Hauptsache war, daß wir wieder zusammen waren. Er begann zu erzählen. Seine Stimme hatte sich verändert. Sie war viel tiefer geworden. Sie hatte eine zärtliche, weiche Schwingung wie die Saiten eines Cellos.

Mir schien, als verberge sich hinter dieser Musik ein Geheimnis, etwas Unbekanntes, aber was?

Seine Hände waren jetzt schön, keine Spur mehr von abgebissenen Nägeln. Edel und müde hingen sie an seinen zu langen und zu mageren Armen. Plötzlich ballten sie sich nervös und aufrührerisch zusammen, ergriffen die nächstliegenden Gegenstände im Zimmer und ließen sie ohnmächtig wieder fallen.

Diese Hände, auch sie, wußten etwas, das zu verstehen ich noch zu klein war.

Wie gebannt hing mein Blick an seinen Lippen. Er schilderte die Mondnächte, er ahmte die Rufe der Nachtvögel nach. Eine seltsame Beklemmung erfaßte mich: die Eifersucht.

»Du seufzest, daß es mir das Herz zerreißt, Juju! O bitte, imitiere nicht den Uhu, du machst mich traurig.«

»Bald werde ich einer sein! Und später, wenn du bei Anbruch der Nacht das Käuzchen hörst, denk an mich! Denn wenn du erst älter sein wirst, wirst du auch nicht mehr schlafen können, du auch nicht mehr! Um Mitternacht, während Papa schnarchte, sprang ich vom Bett auf und tauchte hinein in den Mondschein – unsere Zimmer gingen auf den Garten –, dort streichelte ich die Rosen.«

Ganz seiner Träumerei hingegeben, hatte er mich vergessen.

»Und dann, Just, und dann?« fragte ich ungeduldig und eifersüchtig.

»Welches Wunder! Alle Rosen duften nach Rosen... aber eine Rose liebt niemals wie die andere.«

»Ja... und dann?... Dann?«

Wir waren dem Unbekannten auf der Spur.

»Dann... schrieb ich Gedichte im Mondschein...«

»Und... und das ist alles, Just?«

Er errötete keusch.

»Bettina verbrachte einige Tage in der Villa ihres Onkels, des Grafen Waldoff.«

Ich drückte die Hand aufs Herz, als habe er mir sein kleines Taschenmesser hineingestoßen.

»Oh!« stammelte ich. »Oh!«

»Was für ein komisches kleines Mädchen du bist! Was hätte ich denn sonst Besonderes tun können?«

Gewiß! Ich war wirklich sehr indiskret.

»Komm, nimm meine Jacke! Es ist schrecklich kalt in diesem Zimmer!«

»Aber du wirst dir eine Lungenentzündung holen, du hast ja nichts an, Juju!«

»Bah! Ich bin jetzt ein Mann.«

Ich sah ihn bewundernd an. Aus dem kleinen Jungen war ein Mann geworden.

Trotz der Jacke, die er mir als Kavalier umgehängt hatte, fror ich entsetzlich. Wie jedes Jahr hatte der Kampf mit der Kälte begonnen. Seit unserer frühen Kindheit verbrachten wir den Herbst und den Winter stets zähneklappernd vor unseren Schulheften, resigniert und überzeugt, daß es so und nicht anders sein könne. Denn Mama war für »Abhärtung«. Das an der Wand hängende Thermometer durfte nie zehn Grad überschreiten.

Im vergangenen Winter hatte Just, sobald auf dem Flur Schritte zu hören waren, einen Eiszapfen vom Fensterbrett abgebrochen und ihn unter das Thermometer gehalten, so d dieses sofort um mehrere Grade sank.

Mama betrachtete aufmerksam das Thermometer, dann ordnete sie an, etwas Kohle in den Ofen zu schütten. Aber eines Tages entdeckte Erna diese List, und seitdem war die Zimmertemperatur ein für allemal auf zehn Grad festgesetzt worden.

Justus ertrug die Kälte besser als ich.

Wenn wir so vor unseren Schulaufgaben saßen, fühlte ich meine Finger erstarren und ebenso steif werden wie das Holz des Federhalters.

Just sprang von seinem Stuhl auf.

»Ich werde dir einen Mantel holen.«

»Nein, nein! Du weißt, daß es strengstens verboten ist, Loden im Haus zu tragen.«

»Ich werde dies nicht länger dulden!«

Er stieß seine Feder so heftig in den Tisch, daß sie sich spreizte und die Tinte überall hinspritzte.

»Ich kann nicht mehr«, schrie er auf und atmete wild. »Ich zünde das Haus an!«

»Juju, Liebling! Sei ruhig, um meinetwillen!«

Das Blau seiner Augen wurde rot. Seine glühenden Pupillen sprühten die Funken jener Feuersbrunst, die er in Gedanken sah.

»Die Möbel werden zu Asche. Die Fenster werden zerspringen und endlich die Freiheit hereinlassen, die schauerlichen Muster der bürgerlichen Tapeten werden versengt und Mamas Stimme verkohlt sein!«

»Juju, es wird uns nichts helfen, wenn du das Haus anzündest. Die Feuerwehr wird kommen, und sie werden alles retten. Wir werden dann eine neue Wohnung und neue Zimmer finden, um auch dort zu weinen!«

»Das Haus nachts in Brand stecken, wenn sie fest eingeschlafen ist.«

»Und Papa und Oranie? Sie würden auch verbrennen?«

Just warf seinen Kopf in beide Hände, um nachzudenken.

Ich stand auf und legte die Arme um ihn.

Er sah mich an.

»Ich möchte dich aus dieser Hölle retten, und ich kann nicht! Ich selber denke nur an eines: fliehen, fliehen! Aber wo sich verstecken? Überall gibt es die Polizei...« Seine Augen schlossen sich. Tränen strömten über sein Gesicht.

Ich drückte meine Lippen auf seine Lider, seine Wangen, seine Stirn. Bald war sein ganzes Gesicht von meinen Küssen bedeckt. Auch ich weinte.

Just begann mein Gesicht mit innigen, brüderlichen Küssen zu liebkosen. Wir drückten uns eng aneinander mit so viel Wärme, daß das Quecksilber im Thermometer ansteigen mußte und das Zimmer aufheizte.

»Man glaubt, Flieder zu riechen, mitten im Winter, kleine Riri!«

Der Zauberspiegel

Um in das Nationalmuseum laufen zu können, schwänzte ich die Handarbeitsstunde. Meine Leidenschaft für die Pietà machte mich erfinderisch. Der Gekreuzigte schien mir viel interessanter als der Kreuzstich.

Am Spätnachmittag eines Winterabends, nachdem ich die größte Begeisterung vor der Pietà des Quinten Massys erlebt hatte, fand ich beim Nachhausekommen Oranie aufgelöst und zitternd vor unserer Haustür.

»Süßer Herr Jesus! Meine kleine Clarisse! Heilige Maria und Joseph, steht ihr bei! Wo kommst du her, mein Engel? Sie hat erfahren, daß du oft die Schule schwänzt... Wenn ich dich nur irgendwo verstecken könnte! Wie eine Tobsüchtige rennt sie oben hin und her und erwartet dich mit der Peitsche in der Hand... Herrgott, mach doch nicht solche erschrockenen Augen! Ich habe ja selber Angst. Sie wird dir alle Knochen brechen, die Furie!«

»O-ra-ra-nie...«

»Sei ruhig, ich bin hier, sie soll mich schlagen!« sagte Oranie, schürzte die Ärmel über ihren roten Armen auf und zeigte einem unsichtbaren Gegner die geballte Faust. Ja, solange Mama nicht da war, hatten alle Mut. Sogar Papa. Aber kaum erschien sie, brachen sie zusammen. Just sagte spöttisch, daß Papa bei ihrem Anblick jedesmal fünfundzwanzig Zentimeter kleiner würde.

»Solange ich da bin, wird sie dich nicht anrühren!«

Die Angst peitschte mein Blut:

»Ver-ver-steck mich, Oranie«, stammelte ich.

»Als ob wir nicht alle die Schule geschwänzt hätten! Aber für deine Mutter ist das ein Verbrechen, das mit der Todesstrafe geahndet werden muß.«

»Versteck mich bei Herakles oder bei Mutter Schick!« flehte ich.

»Heiliger Antonius von Padua! Du bist ja ganz grün, Kindchen! Und deine Augen sind verdreht wie die von einem Bratfisch!«

Tränen stürzten über die runden Wangen unserer treuen Dienerin.

»Mutter Schick oder Rakl, da wird man dich zu schnell finden. Versteck dich im Keller. Ich muß wieder hinaufgehen, damit sie keinen Verdacht schöpft.«

»Aber es ist stockdunkel im Keller! All die Kohlen ... die Ratten ...«

»Dann steig hinauf auf den Speicher! Hier, nimm den Schlüssel.«

Sie löste von dem großen Bund an ihrem Gürtel den schweren Schlüssel.

»Drück dich in die Kiste mit den Sägespänen. Da hast du's warm. Eil dich, eil dich, und sei leise, ich bringe dir später etwas zu essen ... wenn ich kann.«

Der rostige Schlüssel knirschte im Schloß wie der Schlüssel eines Zauberers. Erstarrt vor Schreck stand ich da am Eingang zu dem unwirklichen Lagerraum aller Gegenstände, deren man sich im Laufe der Jahre entledigen will. Es war eine vollendete Dekoration zu einem bösen Märchen. Die geweißten Wände, von denen der Stuck abgefallen war, klebten voll dicker Pakete von Spinnweben, die wie graue Fledermäuse herabhingen. Das schwefelfarbene Licht eines Herbstabends stahl sich durch die Ritzen des Giebels.

Der Rost hatte alles Herumliegende mit bizarren Ornamenten bedeckt: alte Öfen, zerbeulte Pfannen, Uhrgehäuse ohne Zeit, Werkzeuge, die ausgedient hatten, Vasen aus Kristall, etwas beschädigt, und dreibeinige Stühle. Auf einem

Hügel von leeren Hutschachteln saß ein ausgestopfter, mit einer dicken Staubschicht bedeckter Adler, der einen mottenzerfressenen Flügel spreizte, und sah mich mit seinen unheilvollen Augen an, die wie Radium zu leuchten schienen.

Ach, wenn ich nur jene Ecke drüben erreichen würde, wo die Kiste mit den Sägespänen stand! Ich stolperte über ein Paar alte Holzpantoffeln, und um nicht zu fallen, versuchte ich, mich an irgend etwas festzuhalten. Es war eine Rolle Stacheldraht, und die Spitzen drangen mir tief ins Fleisch ein. Aber meine Angst war so groß, daß ich den Schmerz nicht einmal spürte. Auch mein Kleid hatte sich im Draht verfangen, so fest, daß ich in einem Strauch von metallenen Dornen gefangen war. Als ich mich loszureißen versuchte, zerrissen Kleid und Mantel von oben bis unten.

Halbnackt, zähneklappernd vor Grauen und Kälte, tastete ich mich mit letzter Kraft vorwärts zu der rettenden Kiste. Ich trat auf keimende Kartoffeln, die mir ihre bläulichen, seltsamen Triebe entgegenstreckten. Ich stieß sie mit dem Fuß weg. Dabei rollten sie mit einem dumpfen Laut davon und warfen Flaschen um. Es hörte sich an, als spielten Geister Kegel auf dem Speicher.

Ich hatte plötzlich das Gefühl, daß ich zu großen Lärm machte. Irgend etwas unter dem Giebeldach gebot Stille. Ich hielt den Atem an und hörte eine sanfte Orgelmusik, von Geisterhand gespielt. Im selben Augenblick wurde mein Blick von einem fast erblindeten venezianischen Spiegel angezogen. Früher hing dieser schöne Spiegel im großen Salon. Aber eines Tages hatte er sich von seinem Haken gelöst, und seine entzückenden, bunten Glasgirlanden waren in unzählige Scherben zerbrochen.

»Hilfe!«

Dort, in dem von der Dämmerung gefärbten Spiegel, sah ich meinen Bruder, fast körperlos, im Spiegel wie in einem Bad schwebend. Sein Sonntagsanzug war durchsichtig, und durch ihn hindurch sah man sein Herz wie eine Lampe brennen. Es war nicht mehr Just, es war seine Seele. Die wenigen bunten Glasblumen, die den Spiegel noch schmückten, belebten sich. Ich roch ein zartes Parfüm von Heliotrop und Jasmin.

»Brüderchen!« Ich streckte der Erscheinung meine bittenden Hände entgegen. »Brüderchen!« Aber die opalartig durchscheinende Vision blieb unbeweglich. Dann verlöschte in dem Brustkorb, dessen Rippen man jetzt unterscheiden konnte, langsam das Licht.

Just ähnelte jetzt dem Skelett, das unseren Naturkundesaal in der Schule schmückte. Auch die Blumen welkten, und man sah nur noch ihre feinen Adern.

Und plötzlich begriff ich, daß Justus mich für immer verlassen würde, daß ich bald allein auf der Welt sein würde.

Ein unerträglicher Schmerz nahm mir alle Kraft und warf mich zu Boden. Ich rollte um mich selbst, die Hände vor mir haltend, in einen Haufen Flaschen hinein.

Als ich wieder zu mir kam, umgab mich Nacht, die finstere Nacht der Legenden. Nach und nach kamen meine Erinnerungen zurück. Die Schreckenskammer, in der ich mich befand, die Vision von Just, die sterbenden Blumen. Ein leichtes Sausen war in meinen Ohren. Waren es vielleicht die Riesenspinnen oben an den Balken, die für mich eine Decke sponnen?

Ich war zu Eis erstarrt, aber der Schweiß rann von meinen Gliedern, und mein Hemd klebte am Körper, als käme ich aus einem Dampfbad. Meine Lippen waren ganz verhärtet vor Durst. Ich sog an einer der Schnittwunden, die meine Hand bedeckten. Das Blut hatte einen faden, zuckrigen Geschmack.

»Trinken! Trinken!«

Dann verlor ich die Besinnung von neuem.

Jemand schritt auf mir, um mich herum, in mir, jemand hob meinen triefenden Körper auf, und feurige Schneebälle tanzten hinter meinen geschlossenen Lidern.

Von Oranie alarmiert, hatten der Kammerdiener vom ersten Stock, das Zimmermädchen des dritten und die Hausmeisterin den Speicher gestürmt.

Man holte Papa. Er trug mich in die Wohnung und telefonierte nach dem Arzt.

Außer dem nervösen Schock und den Schnittwunden an den Händen hatte ich mir eine Lungenentzündung geholt.

Das erzählte Oranie mir später.

»Im Fieberkrampf riefst du unablässig nach Just und flehtest ihn an, dich nicht zu verlassen. Und immerzu pflücktest du Heliotrop und Jasmin. Wo warst du, kleines Vögelchen?«

»Im Paradies, Oranie. Oh! Warum mußte ich auf die Erde zurück?«

»Scht! Solche Dinge darf man nicht sagen. Das ist Sünde gegen unseren Schöpfer.«

Während der Dauer meiner Krankheit zeigte Mama sich nur zwei- oder dreimal, um den Arzt so schnell wie möglich wieder hinauszugeleiten und um Papa zu begleiten.

»Was für Geschichten wegen einer Erkältung«, sagte sie zu ihm und warf ihm vor, den Arzt ohne ihre Erlaubnis geholt zu haben.

Als das Fieber gefallen war und die Genesung begann, erschien Mama eines Morgens an meinem Bett wie eine böse Fee. Sie beugte sich über mich, fest entschlossen, ein einziges Mal die Rolle der besorgten Mutter zu spielen. Aber auf halbem Wege errötete sie und stand wieder steif da, als schäme sie sich, aus ihrer autoritären Rolle gefallen zu sein.

»Mein Gott«, schrie sie, »man erstickt ja in diesem Zimmer. Welch ein Geruch! Mein Teint!«

Und eilig verschwand sie.

Seifenblasen

Die Speicher-Geschichte hatte das ganze Haus aus seinem Winterschlaf geweckt.

Sobald jetzt ein außergewöhnliches Geräusch durch unsere Mauern oder einer unserer kindlichen Schreie nach draußen drang, öffneten sich die Fenster und die Wohnungstüren auf den einzelnen Treppenabsätzen.

Die Bewohner empfanden zweifellos eine gewisse Scham, so lange als Zeugen und beinahe als Komplizen dem Drama, das sich in meiner Familie abspielte, beigewohnt zu haben. Trotzdem scheuten sie davor zurück, laut zu protestieren. Sie fürchteten Unannehmlichkeiten.

Nur Oranie hatte den Mut, immer häufiger Anspielungen zu machen, und sie lieferte sich mit Mama bitterböse Wortgefechte.

Natürlich war der Tag ihrer Entlassung bald gekommen. Ihre Kündigung erhielt sie von einem Tag zum anderen. Um alle Diskussionen zu vermeiden, zahlte Mama den Lohn zwei Monate im voraus aus.

Als ich eines Mittags aus der Schule nach Hause kam, fiel mir sofort durch den besonders niederträchtigen Ausdruck in Ernas Gesicht auf, daß etwas geschehen war. Eine düstere Vorahnung trieb mich in die Küche: leer. Ich stieg zu Oranies Dachzimmerchen hinauf: Ihre Habseligkeiten waren verschwunden. Im Schrank, in der Kommode, deren Schubladen ich alle aufzog, nicht mehr die kleinste Sache außer einer Haarnadel in einer Ecke. Wie eine kostbare Reliquie hob ich sie auf.

Der Schweißgeruch, der von Oranie ausging, lag noch in dem kleinen Raum. Ich sog ihn gierig ein, ich klammerte mich an diesen Geruch. Solange er da war, fühlte ich mich nicht völlig verlassen.

Da öffnete sich leise die Tür. Mama! Ich nahm alle Kraft zusammen und stand stramm.

»Guten Tag, Mama.«

»So, so, man sucht seine Busenfreundin! Man seufzt nach seiner lieben Oranie, seiner treuen Vertrauten! Nun, damit du es weißt: Sie wird keine Nachfolgerin haben. Erna hat sich angeboten, zu ihrer Zimmermädchenarbeit auch das Kochen zu übernehmen. Und sie ist mir mit Leib und Seele ergeben.«

Mama machte eine Pause, um die Wirkung zu genießen, die ihre Worte auf mich haben würden, aber ich zuckte nicht mit der Wimper.

»Und jetzt hinaus! Und schnell, sonst mach ich dir Beine!«

Welch ein schrecklicher Schlag für Just und mich!

Am Nachmittag lief ich wie ein Windhund in die Schule, um drei Minuten für den Umweg zu Mutter Schick zu gewinnen.

Ich hatte mich nicht geirrt. Oranie war da. Sie saß auf ihrem riesigen Korbkoffer. Wir warfen uns einander in die Arme. Ihre dicken Finger ordneten mein zerzaustes Haar. Wie oft hatten mir die Finger dieser Dienerin mit dem großen Herzen als Kamm gedient!

Sie trocknete auch meine Tränen mit ihrem großen Taschentuch und erzählte dabei Mutter Schick immer von neuem ihre Geschichte:

»Es war besonders wegen der anonymen Briefe, die sie jeden Tag bekam und in denen man ihr mit der Polizei drohte. Jeden Morgen trat sie in die Küche mit einem dieser Briefe aus rosa oder blauem Papier in der Hand und fragte: ›Kennen Sie diese Schrift, Oranie?‹ Mit ihren Augen stach sie wie mit Dolchen in die meinen. ›Es ist nicht die Schrift eines gebildeten Menschen. Wer könnte das wohl gekritzelt haben, Oranie?‹ – ›Ich weiß wirklich nicht, was gnädige Frau sagen wollen. Ich bin doch kein Detektiv.‹ Natürlich wußte ich, woher diese Briefe stammten. Ich hatte allen Leuten erzählt, was bei uns vor sich ging. Und obwohl sie mich längst nicht mehr zum Einkaufen oder auf den Markt schickte, sondern alles nach Hause liefern ließ, gingen mehr und mehr Gerüchte in unserem Viertel um...«

Oranie drückte mich gegen ihre Brust.

»Gab es eine andere Möglichkeit, den armen Kindern zu helfen? Da doch der Vater zu feige ist...«

Sie zog meine Arme von ihrem Hals und sah mich an:

»Dieses Kind ist immer traurig.«

Und trotz ihres eigenen Kummers versuchte sie, mich aufzuheitern, wie so manches Mal, wenn ich weinte: Sie warf sich auf den Boden und spazierte wie ein Clown auf allen vieren.

Ach, ihre Grimassen und Späße riefen gerade die entgegengesetzte Wirkung in mir hervor. Vergeblich versuchte ich zu lächeln und machte verzweifelte Versuche, das Schluchzen im Hals zu dämpfen: Plötzlich explodierten die Tränen mit doppelter Kraft.

Kniend schob Oranie sich bis zu mir hin und küßte mich inbrünstig:

»O Riri, warum weinst du? Amüsiert dich der ›Zirkus‹ nicht wie sonst?«

»Ich... ich kann es nicht ertragen, daß... da... daß du dich zum Lachen zwingst, um mir Vergnügen zu bereiten.«

»Aber ich zwinge mich doch nicht, Dummerchen!«

Sie nahm meine Hand und bedeckte sie mit Küssen. Ein langgezogenes, elementares ›Hu-hu-hu‹ entströmte ihrer Brust.

Die Laute, die Oranie in ihrem Schmerz von sich gab, übertönten selbst das Konzert der Wasserspülung, die Mutter Schicks Kunden eilig bedienten, um so schnell wie möglich diesen Ort der Trübsal fliehen zu können.

Es dauerte nicht lange, bis auch Mutter Schicks Schluchzen einsetzte. Wir hatten sie angesteckt. Wir bildeten ein komisches Trio, dessen Klagen mit dem Pfeifen des Windes im Ofen rivalisierte.

Einmal bemerkte ich zufällig, daß unsere gemeinsamen Seufzer einen Sextakkord bildeten. Das war so interessant, daß ich darüber zu weinen vergaß. Schließlich beruhigte sich auch Mutter Schick. Sie rieb mit der Hand ihre Hakennase, bis sie wie Kupfer glänzte, und erklärte in prophetischem Ton:

»Ich sage euch, es wird schlimm mit ihr enden! Jawohl, ich habe es in den Karten und im Kaffeesatz gelesen. Der Unglücksstern, der über ihrem Haus hängt, ist zerschlagen. Sie wird bald ihre Strafe bekommen. Alle bösen Mütter müssen sich schließlich in glühenden Pantoffeln zu Tode tanzen. Erinnert euch an Schneewittchen.«

»Gute Mutter Schick, ich bitte dich, leg deine Karten so, daß meinem Just nichts passiert!«

Ich war fest überzeugt, daß Mutter Schick eine geheimnisvolle Macht über das Schicksal besaß.

»Ich sehe Just nicht in den Karten...«

All ihre Magie vermochte nichts über die Zeiger der Uhr. Meine Geographiestunde hatte längst begonnen.

»Ich laufe in die Schule, um dich bei der Lehrerin zu entschuldigen«, beschloß Oranie. »Auf diese Weise werden wir keine Schwierigkeiten bekommen, und du wirst einen freien Morgen haben.«

Entzückt klatschte ich in die Hände.

»Und wir werden Seifenblasen machen.«

Mutter Schick kannte meine Leidenschaften. Seifenblasen zu formen war mein Lieblingsspiel.

Gibt es etwas Schöneres auf der Welt als diese irisierenden, brillanten Kugeln? Mit welch hoffnungsvoller Furcht folgt man ihnen mit den Augen bis zu dem Moment, da sie platzen, während man doch gleichzeitig ein wenig davor zittert, daß sie nicht platzen könnten. Immer neue Wünsche, immer neue zerstörte Hoffnungen. Ungreifbare Träume, die aus nichts bestehen.

»Es braucht so wenig, um glücklich zu sein«, meinte Mutter Schick philosophisch. »Man braucht dazu nur zwei leichte Dinge: einen Strohhalm und ein bißchen Seifenschaum.«

Muttermörderin

Lange glaubte ich, Oranies Entlassung nicht überleben zu können. Noch zu klein, um so viel Einsamkeit und Schmerz ertragen zu können, wünschte ich mir Krankheit und Tod herbei. Einmal schluckte ich ein Kilo Pflaumen mit den Kernen hinunter in der Hoffnung, Blinddarmentzündung zu bekommen – meine Begriffe von Anatomie waren noch recht dürftig.

An einem anderen Tag begann ich einen Hungerstreik, aber ohne zu überlegen, stieß ich mit Kräften zusammen, die stärker waren als meine eigenen.

Ohne Oranie hätte ich vielleicht nie die Freuden der Kindheit kennengelernt, für die so wenig nötig war.

Es gab reichlich Nahrung bei uns. Aber kein Kuchen würde mir jemals wieder so gut schmecken wie jenes knusprige Pastetenendstück, das die Köchin für mich beiseite legte.

Nie wieder würde Marmelade so süß sein wie die des Einmachtopfes, den mich Oranie auslecken ließ, als sie einkochte. Sie schien zu übersehen, wenn ich Rosinen aus der Schublade stahl, Gurken aus den Gläsern, und keine Schokolade der Welt würde je wieder so köstlich sein wie die schimmeligen Stücke, die mir Oranie von ihren Besuchen bei Heräkles mitbrachte.

Und mit welcher Behutsamkeit pflegte Oranie aufgeschlagene Knie und verletzte Finger! Der barmherzige Samariter war nichts neben ihr. Sie verstand es, uns unsichtbare Verbände anzulegen, die den herumschnüffelnden Augen von Mama entgingen. Ihre magische Nähnadel flickte alles zusammen, ohne Spuren zu hinterlassen, all die Risse in unseren Kleidungsstücken, die wir sonst mit den Rissen unserer Haut hätten bezahlen müssen.

Oranie stellte alle Uhren der Wohnung zurück, damit eventuelle Verspätungen von Just und mir unbemerkt blieben.

Wie viele heilige Theresen, Katharinen und Maria-Magdalenen hatte sie mir nicht aus den Kirchen mitgebracht, damit diese bewegenden, goldgeränderten Bildchen mir Schutz gewähren sollten.

»Man sieht gleich an ihren Gesichtern, daß sie sich mit dem lieben Gott unterhalten«, sagte Oranie. »Sie beten für dich, Riri, und obwohl du eine Heidin bist, werden sie dir einen Platz im Himmel sichern.«

Als sie dieses sagte, machte sie mehrmals das Zeichen des Kreuzes über mir, um mich vor dem Unheil des Schicksals zu bewahren. Dann zog sie mit dem Daumen geheimnisvolle Linien auf meiner Stirn.

»Geh jetzt, wenn sie dich schlägt, spürst du nichts.«

Aber seltsamerweise spürte ich trotzdem Mamas Schläge.

Nun, jetzt würde ich niemanden mehr haben, der mich segnete und der mich zum Lachen brachte.

Ach, Lachen! Man verlernt es so schnell! Bald wußte ich nicht mehr, wie man lacht.

Während der Schulpause stand ich abseits der lärmenden Gruppen meiner Kameradinnen. Bei dem Spiel: »Mariettchen, warum weinest du?« war es mir passiert, echte Tränen zu vergießen. Auf einem Stein in der Mitte sitzend, weinte ich bitterlich, während die anderen Mädchen um mich herumtanzten.

»Wer hat dir denn etwas getan?« fragte Melitta.

Ilse sagte spöttisch:

»Die, die muß man erst kitzeln, damit sie lacht.«

Schließlich lief ich davon und rettete mich auf die Toilette, um dort laut hinausheulen zu können vor Kummer darüber, daß ich nicht lachen konnte wie meine Kameradinnen.

Bettina mied mich, seit ich sie in einem Anfall von Zärtlichkeit zu heftig an mich gedrückt hatte. Sie verstand nicht, daß man so liebesdurstig sein konnte. Sie kannte das Glück. Sie hatte Vater und Mutter, Hund und Katze und so viele Vögel und Blumen im Garten, wie man sich nur wünschen konnte.

Eines Tages, als ich wieder allein im Schulhof stand, von allen verlassen, kam die sanfte Irmgard auf mich zu und legte den Arm um meine Schultern:

»Warum bist du denn immer so traurig? Sag's mir doch! Zu mir kannst du Vertrauen haben... ich sage es nicht weiter... Ehrenwort.«

Ich schüttelte den Kopf, ich war zu stolz, meine Mutter anzuklagen.

»Also komm! Spielen wir kämpfen.«

»Nein! Nein! Um keinen Preis!«

Ich haßte dieses Spiel, das darin bestand, sich bei den Händen zu nehmen, sich gegenseitig die Finger umzudrehen, und der Stärkere zwang seinen Gegner, auf die Knie zu fallen und um Verzeihung zu bitten. Nun, dieses Fingerumdrehen war eine von Mamas Lieblingsfoltern, wenn sie die Wahreit aus uns herauspressen wollte.

Meine Finger krachten dabei jedesmal. Ein wahres Wunder, daß sie nicht brachen: Kinderfinger sind außerordentlich elastisch.

Eines Tages jedoch widerstand einer meiner Finger nicht mehr. Mama und ich standen uns im Badezimmer gegenüber. Sie hatte ihre grausamen Hände in meine gebohrt. Ganz gewiß waren wir im Begriff, miteinander zu kämpfen. Als mein Zeigefinger aus dem Gelenk sprang, stieß ich einen gellenden Schrei aus. Mein Bruder stürzte hinzu, entriß mich Mamas Händen und schrie:

»Laß dieses Kind in Ruhe! Es hat die reine Hölle bei dir, du Dämon! Rette dich, Riri!«

Ich lief zitternd weg. Was geschah dann zwischen den beiden? Ich war im Flur. Ich hörte einen Stuhl fallen. Man mußte an einen Boxkampf denken. Eine Stimme, in der ich niemals Mamas hätte erkennen können, schrie:

»Ah! Ah! Du hebst die Hand gegen deine Mutter!«

Später, viel später, hörte ich eine andere Stimme, die denselben würgenden Tonfall hatte. Es war die einer Frau aus dem Volk, der ihr Mann eine Tracht Prügel versetzte.

Plötzlich trat eine tödliche Stille ein. Was hatte Just ihr getan? Hatte er Mama getötet? Hatte Orest nicht auch seine Mutter in einem Badezimmer ermordet?

In meinem Entsetzen sah ich die Szene aus der Mythologie wiederholt. Nicht umsonst glich Just dem jungen Mörder der griechischen Tragödie! Wie oft hatte ich das Bild in meinem Geschichtsbuch angesehen: Orest, verfolgt von den Furien, die Fackeln aus Schlangen schwingen!

Als Just aus dem Badezimmer heraustrat, schwankte er. Er sah weder mich noch den Flur, den er entlangschritt, noch die Haustür, durch die er verschwand.

Ich habe niemals erfahren, ob er Mama wirklich geschlagen hat oder ihr nur Furcht einflößen wollte.

Am Abend kehrte er nicht heim. Die Polizei wurde benachrichtigt. Papa telefonierte mit einer Detektivagentur.

Onkel Walter, ein brutaler Sportsmann, Großmutter und Tante Harriet kamen eilig an.

Großmutter triumphierte:

»Der Taugenichts! Jedesmal, wenn ich von ihm träume, seh ich ihn ohne Kopf ... oder mit rasiertem Schädel ... Ich habe ihm immer prophezeit, daß er im Zuchthaus enden wird!«

Tante Harriet war sorgenvoll:

»Hoffentlich nimmt der Junge sich nicht das Leben!«

»Auch das noch«, schrie Onkel Walter, der seit langer Zeit durch Justs Sensibilität beunruhigt war. »Dieser Galgenvogel ist wahrhaftig fähig, unseren ehrenwerten Namen zu beschmutzen und ihn in die Zeitungen zu bringen! Die Hand gegen seine Mutter erheben!«

»Sicherlich eine bewaffnete Hand«, deutete Großmutter an.

Das war für Mama ein Lichtblitz. Daran hatte sie nicht gedacht. Welch einzigartige Gelegenheit, sich für immer dieses verhaßten Sohnes zu entledigen.

»Ein Messer... ein Taschenmesser«, sagte sie, während sie sich die Augen mit ihrem Spitzentaschentuch abtupfte. »Wenn ich an all die Opfer denke, die ich für dieses Kind gebracht habe!«

Papa zögerte:

»Vielleicht hat man ihn nicht verstanden, diesen Jungen...«

»Da seht ihr es!« rief Mama erbost. »Mein Mann hat mich niemals unterstützt!«

Sie drückte ihr Taschentuch noch fester auf ihre Augen.

Großmutter schimpfte Papa zornig aus:

»Jo, wie kannst du nur diesen Schandfleck der Familie verteidigen! Wenn er zurückkommt... ich sage, wenn... denn das beste wäre schon...« Sie hielt die Hand mit einem unsichtbaren Revolver an ihre Schläfe, »wenn er zurückkommt, dann schickt ihn schleunigst nach Amerika. Die Mütter von Sparta verbannten ihre unwürdigen Söhne in ähnlicher Weise.«

»Nach Amerika! Mit fünfzehn Jahren!« Wie immer schien Tante Harriets Gerechtigkeitssinn zu erwachen. »Vielleicht wäre es richtiger, die Eltern dorthin zu schicken!«

»Hört! Hört! Diese Revolutionärin! Diese Anarchistin!« Großmutter warf giftige Blicke auf die alte Jungfer: »Dieser Halunke gehört in eine Besserungsanstalt. Es gibt heute moderne Strafanstalten, die mit allem Komfort ausgestattet sind. Wenn ihr nicht so voller Vorurteile wäret, müßte er schon längst dort eingesperrt sein und trüge nicht mehr euren Namen, sondern eine Nummer!«

»Bringt ihn in eine Kadettenanstalt«, schrie Onkel Walter.

»Stramme militärische Zucht! Es gibt heute nichts Besseres für solche jungen Taugenichtse, die auf blonden Locken schlafen!«

»Nicht möglich!« bemerkte Großmutter.

»Aber durchaus, man hat unter dem Kopfkissen dieses perversen Burschen eine blonde Locke gefunden!«

Der Familienrat tagte bis in den Morgen hinein.

Die Polizei hatte überallhin telefoniert und telegrafiert, und die Detektive der Agentur hatten in der Stadt nach Justus gesucht. Vor einem solchen Aufwand der Behörden konnte ein unglückliches Kind seine Zuflucht nur im Tod finden.

Während dreier Tage und Nächte erschien Just mir als Ertrunkener, einmal auf dem Grund des Kanals, ein anderes Mal an die Uferböschung zurückgeworfen, schmutzig und entblößt, an einem Ufer, an dem es anstelle von Blumen rostige Konservenbüchsen, Flaschenscherben, ausgetretene Schuhe und Brennesseln gab. Einmal hatte ich den aufgeblähten Kadaver eines Hundes gesehen, den die Strömung dort angespült hatte.

Umsonst kroch ich hinauf auf den Speicher, um den venezianischen Spiegel zu befragen. Er war leer, blind und zeigte nur mein eigenes trostloses Bild.

Am Abend des dritten Tages brachten zwei Polizisten Just zurück, nachdem sie ihn wie einen Dieb in die Enge getrieben hatten. Er schwankte zwischen ihnen hin und her, als wäre er betrunken von seinem Unglück. Diese drei Tage hatten seinem Gesicht ein tragisches Siegel aufgedrückt. Aus seinen verstörten Augen unter den schwarzen Haaren, deren Locken verwildert herumhingen, sandte er Blicke aus einer anderen Welt. Unter der feinen Haut sah man die Gesichtsknochen, so abgemagert war es.

Diese arme, aufgelöste Gestalt empfing Onkel Walter mit Faustschlägen, wie einen Punchingball.

Wie eine Marionette torkelte Justus zwischen den von Mitleid erfaßten Polizisten, die ihn zu schützen versuchten.

Was dann geschah, weiß ich nicht, denn man schloß mich in mein Zimmer ein mit dem Befehl, jeden Kontakt mit dem »Verbrecher« zu vermeiden.

Mein Bruder würde in einigen Tagen entweder in eine Besserungsanstalt oder in eine Vorbereitungsschule für eine militärische Ausbildung geschickt werden. Bis dahin hatte er Stubenarrest in seinem Zimmer.

Auf Großmutters Rat hin wurde meine Erziehung gleichermaßen verschärft.

Sobald ich von der Schule heimkam, mußte mich Erna in mein Zimmer einschließen. Meine Hausaufgaben wurden auf die Minute bemessen. Ein Wecker lief ab, der mir genau den Augenblick anzeigte, in dem ich mit dem Klavierüben zu beginnen hatte, in mein Zimmer zurückkehren mußte, zum Frühstück oder Abendessen zu erscheinen hatte.

Von diesem mechanischen Geklingel bekam ich Herzklopfen. Es fehlte nur noch die Stechuhr, die man in den Fabriken sieht, wo die Ankunft und der Weggang der Arbeiter festgehalten wird.

Der Wecker klingelte zum Aufstehen und zum Schlafengehen.

Mitten in der Nacht richtete ich mich schweißtriefend auf. Der Wecker, der Wecker! Nein? War es nur eingebildeter Lärm? Aber mochte ich auch die Finger in die Ohren stecken, der Wecker klingelte unbarmherzig weiter in meinem Kopf.

Ich betete zu Oranies Gott, mich für immer einschlafen zu lassen. Wozu leben, ohne meinen Bruder?

Niemals, niemals wieder würden wir nebeneinander sitzen: über unsere Hausaufgaben gebeugt, während einer von uns leise eines jener »Lieder ohne Worte« pfiff, zu denen Italien Mendelssohn inspiriert hatte, in denen man die Tauben vom Markusplatz gurren und die Flügel berühmter gemalter Engel rauschen hörte. Eines dieser Lieder, die wirklich jedes Wort überflüssig machten. Und wenn wir ganz aufgelöst waren von der Sanftheit dieser Melodie, schlug Just vor:

»Laß uns improvisieren, Riri!«

Einer von uns erfand ein Thema, und der andere begleitete ihn. Die beiden Melodien verschmolzen ineinander wie unsere beiden Seelen. Wir taten nichts anderes als die Vögel in ihren Käfigen: Sie singen, um nicht zu sterben.

Alles, was wir uns nicht einzugestehen wagten, alle unsere Qualen, die wir nicht zeigen durften, dieses Chaos in uns und um uns ... verwandelten wir in Musik.

Aus den Ferien hatte Justus eine Mundharmonika mitgebracht und entlockte ihr heroische Wohlklänge. Dieses kleine Instrument mit den Metallöchern genügte, um uns in pathetisches Entzücken zu versetzen. Justs schmale, fast weiblich anmutende Finger hielten es wie eine Frucht an die Lippen. Und diese Töne gaben uns Kraft. Enthielten sie nicht das Vitamin, das die Seele ernährt?

Justs violette Augen leuchteten in reinem, übernatürlichem Glanz. Manchmal schloß er sie lange, als lese er Noten hinter seinen Lidern. Dann bedeckten die langen schwarzen Wimpern die tiefen bläulichen Schatten unter seinen Augen und die Falten, die die vielen Liter Tränen dort im Laufe der Jahre hinterlassen haben.

»Und jetzt, Schwesterchen, die Flöte!«

Ich pfiff ein wiegendes Begleitmotiv, das sich gefügig Justs Führung unterwarf. So sogen wir trotz des Verbots zu pfeifen aus der Luft ein wenig Glück.

An den Abenden, an denen unsere Eltern ausgingen, widmete Just mir etwas Zeit von seinen Studien, um mich am Klavier zu begleiten. Noch ungeübt, sang ich Lieder von Schubert. Wenn die Tränen aus meinen Augen flossen, tadelte mich Just und bemühte sich dabei, seine Stimme so streng wie möglich klingen zu lassen, um seine eigene Rührung zu verbergen.

»Also, es heißt, ›Con tenerezza‹, das heißt aber nicht, weinen!«

Und jetzt war dieser sensible Junge in seinem eisigen Zimmer eingesperrt und neuen inneren Qualen ausgesetzt.

Warum? Weil er mich mutig und ritterlich hatte beschützen wollen.

Wie sollte er es aushalten, in der Uniform der Kadetten oder der Kluft jugendlicher Sträflinge in einer Besserungsanstalt zu leben? Wer anders als ich sollte ihm zu Hilfe kommen, ich, der er tapfer und selbstlos helfen wollte?

Am ersten Tag war es mir unmöglich, mich auch nur eine Minute lang bis an seine Tür zu schleichen. Und doch hieß es, sich zu beeilen ... seine Stunden waren gezählt.

Am Abend des zweiten Tages wagte ich es, den Flur, der zu seinem Zimmer führte, entlangzuhuschen. Aber die Tür des Vorzimmers, durch das man hindurch mußte, war ebenfalls abgeschlossen. Ich kniete nieder und horchte. Eine leise, stoßweise Klage ... Mein Bruder weinte dort, lebendig begraben, seiner Kindheit beraubt, um das bißchen Wärme, das die Natur selbst dem ärmsten Tier zugebilligt hat und das jede Löwin ihren Jungen schenkt.

»Brüderchen! Mein Brüderchen!« Es war das letze Mal, daß ich seine Stimme, als ein Schluchzen, hören sollte.

Was tun? Was tun? ...

Töten!

»Töten ... töten ...«, wiederholte der Wecker.

»Töten ... töten«, klopfte es in meinem Blut.

»Töten ... töten«, donnerten die Autohupen unten auf der Straße.

Gegen Morgen – ich hatte die ganze Nacht lang kein Auge zugetan – hörte ich den ersten Vogel der Morgendämmerung, der unter meinem Fenster sang: »Töten«!

Warum hatte Mama gelogen? Justus hatte nie ein Messer in der Hand gehabt!

Die kleine Hausapotheke, die die Gifte verschloß, war mit einem Schlüssel versperrt. Umsonst versuchte ich, sie mit anderen Schlüsseln zu öffnen. Was tun? Was tun, um einen Erwachsenen zu töten, der sich wehren kann?

Man vergiftet ihn. Das ist das einzige Mittel.

Ich schlich mich in die Speisekammer. Ich wußte, daß die

Marmeladentöpfe, die seit letztem Jahr dort gestapelt waren, mit einer Schicht Schwefel und Grünspan überzogen waren, die ich für sehr gefährlich hielt. Ich öffnete einige Töpfe und kratzte die graugrüne Oberfläche ab und fiel dabei fast über ein Paket Rattengift, ein starkes Gift, mit dem Oranie manchmal die zu gefräßigen Mäuse behandelte, die sich vom Balkon der Küche aus in die Speisekammer verirrten.

Mir zitterten alle Glieder, als ich etwas von dem starken Gift stahl, genug, um ein Regiment von Müttern umzubringen; ich zitterte in dem Bewußtsein, eine Mörderin zu werden.

Jeden Abend stellte man auf Mamas Nachttisch entweder ein Kompott aus getrockneten Zwetschgen oder etwas Rhabarber. Ich schüttete das muttermordende Pulver da hinein.

Ich verbrachte die schlimmste Nacht meines Lebens. Den Kopf in das Kissen vergraben, das Federbett über die Augen gezogen, spürte ich die Gegenwart der Erynnien.

Mein Zimmer füllte sich von Stunde zu Stunde mit Rachefurien. Und dabei waren diese Rachegöttinnen doch nur in mir selbst... In jener Nacht lehrten sie mich, daß man seine Mutter nicht vernichten kann, ohne ihrer Macht zu verfallen.

Als Erna am frühen Morgen fassungslos in mein Zimmer stürzte, schrie ich auf:

»Nein! Nein!«

»Justus ist gegen Abend entkommen, durch das Fenster«, rief sie mir zu, »niemand hat heute nacht ein Auge zugetan.«

Durch Justs Flucht war mein Attentat glücklicherweise gescheitert. In der allgemeinen Aufregung war Mama gar nicht zu Bett gegangen, hatte das gefährliche Dessert nicht angerührt.

Ich benutzte den allgemeinen Tumult, der im Hause herrschte, um mich der Schale zu bemächtigen und ihren giftigen Inhalt in der Toilette verschwinden zu lassen.

Auf dem Schulweg wollte ich in die Sankt-Anna-Kirche gehen und beten, daß Gott meinen Bruder beschütze, damit er, von den Polizisten unentdeckt, in ein fremdes Land entkommen könne.

Justs Tod

Alles ist zu Ende. Just ist tot. Und mit ihm wurde meine Kindheit begraben.

Er hatte sich an der Dachrinne hinuntergleiten lassen. Dann mag er wohl im Regen und in der Kälte ohne Hut und Mantel herumgeirrt sein.

Die Qualen drangen von allen Seiten in ihn ein: in seinen Hals, seine Brust, seine Knie. Sein Herz brannte, als wenn es gerädert worden sei.

Halb Kind, halb Mann, war er durch die Nacht gelaufen.

Wohin? In welches Schicksal? Nur die Hoffnungslosigkeit begleitete ihn.

Hinter ihm lag seine Kindheit: ein Trümmerhaufen. Vor ihm entweder das Militärgefängnis oder die Besserungsanstalt.

Konnte er wählen? Er hatte keine Wahl. Er konnte sich nur noch darauf vorbereiten, in einem kleinen Rechteck aus feuchter, dunkler Erde zu wohnen.

Oh, hatte es dazu kommen müssen, bevor er Ozeane und Urwälder, ferne Sonnen und Frühlinge erlebt hatte, die schwer waren von Geheimnissen?

Das süße Geheimnis, das ihn schon zart gestreift hatte in den großen Ferien, in Gestalt eines jungen Mädchens, deren Augen zwei Sterne waren und deren blondes Haar die Schultern des jungen Mannes wie Schaum liebkost hatte.

Mondschein jener Ferien! Und all die anderen Mondnächte, die auf ihn warteten! Mußte er auf sie verzichten?

Sein Herz bebte. Er zögerte. Vielleicht gab es noch ein Mittel umzukehren?

Aber wohin würde ihn dieses Zögern führen? Ins Heim junger Sträflinge ... Niemals! Nein, es gab kein Zurück.

Frieren, frieren ohne Unterlaß, selbst auf diesem Weg in den Tod, auf dem man sogar dem Verurteilten ein Glas Rum, eine letzte Zigarette anbietet!

Woran mochte er wohl denken, während er durch diesen Regen wankte, den letzten Regen?

An das kleine leichte Grab, das wir zusammen unserer vergifteten Taube geschaufelt hatten? An eines der »Lieder ohne Worte«? An den kleinen Justus von sechs Jahren, von sieben, von neun Jahren? An all die durchsichtigen Hüllen, die er auf seinem kurzen Lebensweg abgelegt hatte und die jetzt flehend am Weg die Hände aufhoben und bettelten:

»Mitleid, ein wenig Liebe! Nur ein wenig Liebe!«

Er kam an erleuchteten Fenstern vorbei, deren Glas von Wärme beschlagen war. Hinter den weichen Vorhängen reiften andere Jünglinge sanft dem Leben zu. Vielleicht hatte er vor diesen Visionen glücklicher Knaben angehalten, während der Wind an seinem Körper und an seiner Seele riß. Vielleicht träumte er einen Augenblick lang von einer ähnlichen Existenz unter dem Schutz lächelnder Eltern, in einer warmen Treibhausatmosphäre.

Vielleicht setzte er sich in Gedanken an die Stelle des Sohnes dort oben in das Studierzimmer seines Traums?

Er hatte sich verspätet, vom Schlaf übermannt, die Arme auf dem Tisch verschränkt, unter dem Licht der Lampe ... die schwarze Straße und den Regen vergessend, der auf seine Augen fiel.

Er lehnte sich wie ein verlorener junger Hund an die unerbittliche Mauer irgendeines Hauses und stieß langgezogene Klagetöne aus.

Vielleicht hat er in diesem schrecklichen Augenblick gefühlt, daß ich mit ihm war, denn er murmelte in die Richtung der Wolken: »Riri, adieu, Riri!«

Er mietete ein miserables Zimmer in einer Vorstadt, bei einer braven Händlerin, die ihr Wägelchen mit Obst und Gemüse in der Morgendämmerung fortschob in die Gegend der Reichen und erst todmüde am Abend wieder zurückkam.

Dort in der armseligen Küche hat er mit Hilfe eines alten Gasherds die fünfzehn Jahre zerstört, die seinen Körper aufgebaut hatten. Gleich nach der Beerdigung ließ Mama sich durch unseren Hausarzt eine längere Kur in einem Luxussanatorium verordnen.

Papa, der einen tiefen und echten Schmerz empfand, warf sich mit aller Kraft in seine Konsulatsarbeit und seine überseeischen Geschäfte.

Ich bekam eine englische Erzieherin, die den Befehl erhalten hatte, mich auf Schritt und Tritt zu begleiten.

Es war eine liebenswürdige, ältere Dame, eine Witwe, die selbst viel gelitten hatte und die Trauer anderer zu respektieren wußte.

Sie wartete diskret, daß die wirkliche Clarisse von ihrem Rendezvous mit dem Verstorbenen zurückkam. Sie fühlte, daß sie eher die Pflege eines Schattens denn eines Kindes übernommen hatte.

Ich war immer mit meinem Bruder zusammen, Tag und Nacht. Ich bildete mir ein, daß ich mich zu ihm ins Grab legte, damit er es weniger kalt auf dem großen, düsteren Friedhof habe.

Er, der mir einst so oft seine Jacke übergeworfen hatte, um mich zu wärmen! Er, der für mich gestorben war!

Ich wollte das Haus kennenlernen, in dem Justus seine letzten Stunden zugebracht hatte. Es schien mir, als hätte er dort etwas von sich selbst zurückgelassen. Ach, vielleicht einen letzten Blick, der auf ein Möbelstück oder auf etwas anderes gefallen war! Ja, mochte ich auch noch kränker, noch schwermütiger werden und dort von seiner Angst vor dem Leben und seinem Schrecken vor dem Tod angesteckt werden ... mochte ich vergiftet werden auf meinem Weg in diese Küche ... ich wollte dort hingehen.

Fünfzehn Tage nach dem Drama bat ich meine Erzieherin, mich in diese Vorstadt zu führen, zu dieser verhängnisvollen Adresse.

Wir eilten durch häßliche, graue Straßen, über denen der Geruch von Fäulnis schwebte. Die rissigen Mauern schienen von Krebs befallen zu sein.

Vor einem baufälligen Haus bat ich meine »Miss«, mich alleinzulassen und in dem Gasthaus an der Ecke zu warten.

Sie zögerte einen Augenblick. Dann drückte sie mir die Hand wie einer großen Person, ohne ein Wort zu sagen. War ich nicht von einer Nacht zur anderen erwachsen geworden? Ich war um die fünfzehn Jahre älter geworden, die Justus weggeworfen hatte.

Ich schritt durch einen engen Hinterhof, in dem ein verkrüppelter Baum stand, der nie einen Sonnenstrahl empfangen hatte. Häßlich und hoffnungslos reckte er seine rachitischen Zweige in die Höhe und atmete nur verdampfendes Spülwasser und Waschlauge ein. Ein räudiger Hund mit abgeschabtem Fell sprang verängstigt aus einem großen Mülleimer, der die Mitte des Hofes schmückte. Was mochte er, dieser arme Hund, wohl in dem Abfall von Menschen finden, die selber nicht genug zu essen hatten?

Auch eine schwarze Katze war da, sie lag in einer Ecke auf der Lauer, unbeweglich wie eine Sphinx, gleichgültig gegenüber diesem ganzen Elend.

Hatte Just die Katze für einen Moment an seine Brust gedrückt, um sich selbst zu täuschen und seine eigene Not zu vergessen?

Ich stieg über ausgetretene Stufen in eine Kellerwohnung. In diesen Erebus stieg man hinunter, um nie wieder heraufzukommen. Wahrhaftig, Just hätte für seine Verlassenheit, seine Verzweiflung kein passenderes Quartier finden können.

Ich läutete.

Niemand kam. Ich läutete ein zweites Mal. Zögernde Schritte ließen sich hinter der Tür vernehmen. Jemand horchte, öffnete aber nicht. Als ich ein drittes Mal läutete, zeigte sich eine kleine Alte mit furchtsamen Augen im Türspalt.

»Ich bin seine Schwester!«

»Oh! Kleines Fräulein! Ich hätte es doch erraten müssen, so schwarz, wie Sie angezogen sind! Entschuldigen Sie, daß ich nicht schneller öffnete. Aber seit diesem Unglück sind meine Nerven krank. Beim geringsten Geräusch, und sobald ich es klingeln höre, beginne ich am ganzen Leib zu zittern... Da, fassen Sie an!«

Sie streckte mir ihre welke, zitternde Hand entgegen.

»Kommen Sie herein, kleines Fräulein. Und nehmen Sie bitte Platz. Nein, nicht hier, dort auf dem Bett! Denn mein einziger Lehnstuhl steht in der Küche, und ich habe noch nicht den Mut gehabt, hineinzugehen und ihn zu holen.«

Ich saß auf dem Bett, dessen zerfetzte und verschossene Decke ihn wahrscheinlich bedeckt hatte, unter dem Bronzechristus an der Wand, der mit gleichgültigen Blicken an ihm vorbeigesehen hatte.

»Ich kann mich gar nicht erholen, kleines Fräulein. Sobald ich am Morgen aufwache, sehe ich ihn dort liegen. Jeden Morgen, jeden Morgen! Und er weckt mich dreimal, viermal jede Nacht. Und dann kann ich nicht mehr einschlafen.

Ach, mein kleines Fräulein... ich würde ausziehen, aber das kostet zuviel Geld. Und alle Vorräte hat mir das Gas verdorben! Brot, Schmalz, anderthalb Pfund Mehl, eine Tüte Kaffee, Zucker, drei Viertel Liter Speiseöl! Ich genierte mich, die Rechnung Ihrem Herrn Vater zu schicken, als er mir meine Entschädigung zukommen ließ... aber der Arzt hat gesagt: ›Frau Merlin‹, hat er gesagt, ›Sie müssen jetzt drei Wochen aufs Land gehen, um sich von diesem Schock zu erholen, sonst gehen Sie drauf, Frau Merlin.‹«

»Ihr Herr Bruder war so ein liebenswürdiger und guterzogener junger Mann! Welch ein unersetzlicher Verlust! Er hatte sich einen bösen Schnupfen geholt, in jener Nacht, als er von zu Hause davongelaufen war. Denken Sie nur, in dieser leichten Kleidung stundenlang durch den Regen! Und diesen Schnupfen ist er nicht mehr losgeworden, mein kleines Fräulein ... Ich rufe Gott zum Zeugen an, daß ich von nichts wußte! Ich glaubte wirklich, er wäre achtzehn Jahre alt und Student. Waise, wie er mir gesagt hatte ... Und immer so traurig! Ich hab ihn nur einmal lächeln sehen. Das war, als er mir erzählte: ›Frau Merlin, ich hab ein nettes Schwesterchen. Sie heißt Riri.‹ Und nach einiger Zeit flüsterte er: ›Riri, Riri.‹ Und später hat er noch einmal von Ihnen gesprochen: ›Sie werden sie eines Tages kennenlernen, denn sie wird zu mir kommen. Ich weiß, daß sie mich hier besuchen wird.‹ Oh! Nein, nicht weinen, kleines Fräulein, sonst stecken Sie mich wieder an. Kommen Sie, kommen Sie, ich erzähle Ihnen auch alles von Anfang an.«

Und mit diesem Vergnügen der Leute aus dem Volk am Melodrama erzählte sie mir »ihre« Geschichte. Sie war jetzt im Viertel berühmt geworden: als Heldin der Tragödie. Tagelang hatte sie den Journalisten und den Nachbarn dieselbe Geschichte erzählt. Sie schloß damit, stolz darauf zu sein, »die Dame zu sein, bei der ...«

»Also, eines Morgens kam er an, ruhig und beherrscht, als wolle er bei mir wirklich ein Semester verbringen.

Er sah so vertrauenerweckend aus mit seiner Mappe unter dem Arm! ›Mein Koffer kommt nach‹, sagte er und schrieb sich unter dem Namen Wagner ein. Warum sollte er nicht Wagner heißen? Ich konnte doch nicht ahnen, daß ihn seine Eltern von der Polizei suchen ließen. Ach! Sobald ich von ihm zu sprechen beginne, kommt das Zittern wieder über mich. Warum nur hatte ich auch am Tag zuvor das Schild an die Haustür gesteckt: Zimmer zu vermieten?

In der ersten Nacht muß er wohl lange und angestrengt nachgedacht haben. Er hat sehr wenig geschlafen. Er ging auf und ab, zündete die Lampe an und löschte sie wieder aus. Dann, noch bevor es hell wurde, ging er weg. Nachmittags um zwei kam er wieder, krank, und legte sich zu Bett. Ich war nicht zu Hause, aber die Nachbarin erzählte es mir. Sie sah ihn den Hof überqueren, sie sagte, er schwankte wie ein Schlafwandler.

Als ich gegen sieben Uhr abends von der Arbeit zurückkam, trat er taumelnd in die Küche und gab vor, er habe furchtbare Zahnschmerzen gehabt und deshalb ein wenig zuviel Morphium genommen.

Ich hatte noch immer nicht den geringsten Verdacht! Und wie sollte ich auch auf den Gedanken kommen, daß ein so junger Mensch, vor dem noch das ganze Leben lag, einen Selbstmordversuch gemacht habe?

Er bat mich, ihn ein wenig zu begleiten, um Luft zu schöpfen. Ich zog ihm die Schuhe und seine Kleider an.

Wie er mir dankte, kleines Fräulein! Obgleich er kaum auf den Beinen stehen konnte . . . Ja, anstatt sich über seine Schmerzen zu beklagen, dankte er mir unaufhörlich . . . hu-hu-hu, ich kann nicht daran denken, hu-hu, ohne zu weinen.« Sie schluchzte.

»›Oh, Frau Merlin‹, sagte er, ›nie, nie werde ich vergessen, was Sie für mich getan haben . . .‹

Dabei hab ich doch nur meine Pflicht getan. Aber kaum waren wir auf der Straße, als es ihm noch schlechter ging. Er zitterte am ganzen Leib, und eine schreckliche Hitze ging von ihm aus. Er wollte gleich wieder heimgehen.

Ich zog ihm die Stiefel aus, aber er weigerte sich, zu Bett zu gehen, und zog es vor, im Lehnstuhl in der Küche zu sitzen, halb im Schlaf.

Plötzlich sagte er, er glaube, er werde blind. Ich führte ihn auf den Hof zur Toilette, aber er konnte nicht Wasser lassen, solche Schmerzen hatte er. Ich blieb in der Küche neben ihm und nahm seine Hand, um ihn zu beruhigen.

›Jetzt weiß ich endlich, was das ist, eine Mutter‹, murmelte er. Um Mitternacht sagte ich: ›Ich muß mich jetzt hinlegen, Herr Wagner, denn morgen heißt es, in aller Frühe an die Arbeit gehen.‹

›Dank für alles, Frau Merlin‹, stammelte er und suchte meine Hand. Denn er sah nichts mehr.

Ich brachte ihn zu Bett.

›Wenn es Ihnen schlechter geht, rufen Sie mich, Herr Wagner!‹ Aber er schüttelte den Kopf.

›Aber ja, scheuen Sie sich nicht!‹

Er versprach es, und wirklich, um ein Uhr weckte er mich auf.

›Frau Merlin, ich kann nicht mehr, ich leide zu sehr!‹

Wie er sich verändert hatte, kleines Fräulein! Schon hatte er kein Gesicht mehr, nichts als Knochen mit etwas grüner Haut darüber. Sein Leib war aufgequollen wie der einer schwangeren Frau. Entschuldigen Sie, wenn ich mich etwas einfach ausdrücke: Aber ich bin nicht zur Schule gegangen.

Er war heißer als ein Ofen.

›Ich bringe Sie zum Arzt‹, sagte ich. ›Sie müssen aus Versehen zuviel Morphium geschluckt haben.‹

›Nein, nein, nein! Ich brauche keinen Arzt. Ich bin selbst Medizinstudent.‹

Das beruhigte mich etwas ... und im übrigen bin ich auch gegen diese Scharlatane von Doktoren: Alles, was sie können, ist, die Kranken umzubringen.

Ich zog ihn also wieder an. Das war nicht leicht, Fräuleinchen, denn er war schon halb tot. Und was glauben Sie wohl, tut er da ... Sie werden es nie erraten! Er küßte mir die Hand. Ja, er hat wirklich diese schwarze Hand geküßt, die Sie hier sehen! Das ist der einzige Handkuß, den ich je im Leben bekommen habe, aber er zählt für alle anderen. Bis ans Ende meiner Tage werde ich hier auf der Haut seine Lippen spüren! Wie steif gewordenes Leder krachten sie, wenn sie sich bewegten.«

Tränen stiegen Frau Merlin noch einmal in die Augen.

»Also, wir durchliefen wieder zusammen das Viertel. Und unaufhörlich seufzte er: ›Kommt denn kein Brunnen? Kein Brunnen?‹

Er wollte nur seine brennenden Lippen anfeuchten. Zu trinken wagte er nicht, wegen der fürchterlichen Blasenschmerzen.

Es wurde schon etwas hell, als wir gegen Morgen vor dem Krankenhaus standen. Ich fühlte jetzt doch, daß er noch ein Kind war, und wollte schon auf die Klingel drücken. Aber er hinderte mich daran. Woher nahm er die Kraft? Ich weiß es nicht. Glauben Sie mir, Fräulein, er wollte lieber mit diesen furchtbaren Schmerzen sterben als dort hineingehen. Und ich ahnte nicht, daß er fürchtete, der Polizei gemeldet und heimgefahren zu werden.

Dann kamen wir an einer öffentlichen Toilette vorbei, hier konnte er zum erstenmal wieder Wasser lassen, und als wir gegen Mittag nach Hause kamen, schien es ihm etwas besserzugehen.

In aller Eile fuhr ich deshalb mit meinem Handwagen an die Arbeit, denn ich hatte einen ganzen Morgen verloren. Ach, wenn ich hätte erraten können, was in seinem Kopf vor sich ging!

Als ich gegen Abend um sieben Uhr nach Hause kam, stürzte die Nachbarin auf mich zu und schrie: ›Es riecht nach Gas vor Ihrer Tür, Frau Merlin!‹ Ich traute mich nicht, ein Streichholz anzuzünden ... wir konnten alle in die Luft fliegen.

Das Gas! Ich hatte kaum mehr die Kraft, den Schlüssel im Schloß herumzudrehen.

Die Nachbarin hielt sich die Nase zu, rannte in die Küche und stieß das Fenster auf. Gellend schrie sie dann auf:

›Jesus, Maria, Joseph!‹

Da lag er, steif wie eine Wachsfigur, der man Glasaugen eingesetzt hatte, und er sah mich an! In alle Ewigkeit wird er mich so ansehen! Ja, die Sanitäter haben ihn weggetragen, aber er liegt noch immer da, immer noch auf demselben Platz. Nie, nie wieder werde ich die Küche betreten! Ich koche mir mein Essen hier im Zimmer, auf der Spiritusflamme.«

Sie schwieg. Dann begann sie leise, über ihr eigenes Unglück, über sich selbst zu weinen.

Mein armes, armes Brüderchen! Was mußte er gelitten haben! Ich schluchzte laut:

»Frau Merlin, wenn ich groß bin, werde ich für Sie sorgen. Und es wird nicht mehr lange dauern bis dahin.«

Wir warfen uns einander in die Arme.

Draußen in dem trostlosen, von abbröckelnden Mauern umgebenen Hof spielte ein Leierkastenmann ein trauriges Lied, als wolle er wie Orpheus versuchen, eine Seele aus dem Reich des Todes zu retten.

Einige Sekunden lang zauberte der schmerzliche Gesang Just für mich aus der Unterwelt hervor. Er stand so greifbar vor mir, als lebte er noch und wolle mich nicht ohne Schutz in die böse irdische Welt zurückgehen lassen.

Anmerkung

Als ich diese Erinnerungen niederschrieb, war meine Mutter noch am Leben. 1942 sollte sich jedoch die Prophezeiung von Mutter Schick in grausigster Weise verwirklichen: Meine Mutter wurde, zusammen mit ihren beiden Schwestern, in Auschwitz vergast. Alle geistige und künstlerische Hochwertigkeit Tante Harriets konnte auch sie nicht vor dem Gasofen schützen. Sie, die gründliche Goethekennerin, der ich meine Ehrfurcht vor einem der größten Dichter der Welt verdanke. Friede ihrer Asche!

Claire Goll, 1961

Zur Edition

Anfang des Jahres 1942 erschien im Verlag Editions de la Maison Française, New York, Claire Golls Roman ›Education Barbare‹ in französischer Sprache. Der von Emigranten aus Frankreich gegründete Verlag brachte das Buch, mit dem Copyrightvermerk für das Jahr 1941, in der Reihe ›Voix de France‹ heraus, in der zur gleichen Zeit André Maurois, Jules Romains, Jacques Maritain, aber auch Stefan Zweig, Emil Ludwig, Max Beer und Ivan Goll nach ihrer Flucht aus Europa Fuß zu fassen versuchten. Bereits 1941 hatte Claire Goll in den Editions de la Maison Française ihren Roman ›Le Tombeau des Amants Inconnus‹, ebenfalls in französischer Sprache, herausgebracht, den sie noch 1939 in Paris geschrieben hatte.

Nachdem das Ehepaar Goll im August/September 1939 von Paris aus nach USA geflüchtet war und sich nach einem kurzen Zwischenaufenthalt in Kuba – Februar bis Mai 1940 – endgültig in New York angesiedelt hatte, entfalteten beide Autoren eine fieberhafte journalistische und schriftstellerische Tätigkeit, um ihren Lebensunterhalt zu sichern. Claire Goll schrieb Feuilletons und Modeberichte, Theater- und Filmkritiken, sie rezensierte Bücher und Kunstausstellungen – und es entstand eigene Lyrik und Prosa. Schon im Januar 1941 hatte sie die Erzählung ›L'Inconnue de la Seine‹, in französischer Sprache, beendet, die sie später zusammen mit Ivan Goll zu einem Filmscript umarbeitete. Ivan Golls erste Veröffentlichung in USA waren die ›Chansons de France‹

(Poets' Messages. New York: The Gotham Book Mart, 1940), drei eminent politische Dichtungen, die – zusammen mit seinem Gedicht ›Croix de Lorraine‹ – bald innerhalb der französischsprachigen Kolonie in New York ein großartiges Echo fanden.

Die Nachrichten über nationalsozialistische Greueltaten in Europa, die Morde an jüdischen Männern, Frauen und Kindern, drangen neben den Meldungen über das Kriegsgeschehen immer stärker nach Übersee. New York quoll buchstäblich über vor Emigranten. – Ivan Golls hochbetagte Mutter lebte versteckt in einem Kloster der Vinzentinerinnen in der französischen Provinz. Claire Goll hatte von ihrer über 75 Jahre alten Mutter und deren Schwestern keine Nachricht mehr.

Die politischen Wirren jener Tage in Europa schlugen sich in Claire Golls Werk zweifach, unmittelbar nacheinander, nieder: in dem bis heute unveröffentlichten, in deutsch geschriebenen lyrischen Klagelied ›Die polnische Passion‹ und in ihrem französisch verfaßten Roman ›Education Barbare‹. Gelang es Claire Goll mit diesem Roman, die Ungewißheit über das Schicksal ihrer Mutter, ihre Kindheitserlebnisse mit dieser Mutter und den Tod ihres Bruders, dessen Lebens- und Sterbedaten, ja, dessen richtigen Namen sie zeitlebens nicht preisgab, zu verarbeiten? Obwohl der Roman wenige Monate nach dem Entstehen veröffentlicht wurde, findet sich bis heute kaum eine Äußerung Claire Golls über »diese meine Kindheitsgeschichte«, wie sie das Buch 1961 beschrieb. Die Gestalt ihres Bruders trägt in der französischen und in der späteren deutschen Fassung verschiedene Namen. Kaum einer der zahlreichen von ihr zusammengestellten bibliografischen Hinweise enthält eine Erwähnung dieses Werkes von 1941/42. Bezeichnend ist auch, daß selbst die 1967 in der Reihe ›Poètes d'aujourd'hui‹ bei Pierre Seghers in Paris erschienene Monographie über Claire Goll – von ihr selbst tatkräftig unterstützt – diesen Roman verschweigt.

Als Ivan und Claire Goll 1947 aus dem New Yorker Exil nach Paris zurückkehrten, erfuhr Ivan Goll, daß seine Mutter den Krieg überlebt hatte; Claire Goll ließ nach ihrer Mutter forschen und bekam die amtliche Nachricht, daß ihre ganze Familie von München aus nach Theresienstadt und von dort nach Auschwitz deportiert worden war. Der 19. September 1942, Tag der Abfahrt des Sammeltransportes nach Auschwitz, wurde später gerichtlich als Todestag von Claire Golls Mutter festgesetzt. Dieses geschah, weil Claire Goll als einzige Überlebende ihrer Familie das großelterliche Haus Leopoldstraße 42 in München-Schwabing – zwischen Martiusstraße und Giselastraße gelegen – geerbt hatte, das Haus, das ihr einst in der Kindheit und auch später Alpträume verursacht hatte. Nicht mehr als ein Trümmergrundstück war 1945 übriggeblieben, das sie nichtsahnend, traumtänzerisch und in Geldsachen gänzlich unerfahren, für ein Butterbrot verkaufte.

Zu dieser Zeit war Ivan Goll bereits tot, und sie reiste erneut nach Amerika. Als sie 1954 nach Frankreich zurückkehrte, begann sie eine neue »Karriere«: Sie wurde, wie sie sich von da an nannte, die »Sekretärin eines Toten«, Ivan Golls. Mit Vehemenz begab sie sich daran, den Nachlaß ihres Mannes zu sichten und zu edieren, mit einer Vehemenz, unter der Verleger, Kritiker und Freunde gleichermaßen stöhnten. Für neue, eigene Werke blieb ihr wenig Zeit. Immerhin fand sie in der Pariser Librairie Arthème Fayard eine Möglichkeit, ihre während der Emigration in USA und Kanada in französischer Sprache veröffentlichten Werke jetzt in Frankreich herauszubringen. So erschien 1958 ihr Roman ›Education Barbare‹ unter dem Titel ›Le Ciel Volé‹. Während sie das Buch 1941/42 »Au Docteur Max Jacobsohn en profonde reconnaissance« gewidmet hatte, galt ihre Widmung 1958 »A la mémoire de mon frère et à tous ceux qui – dans l'avenir – auront le courage de dénoncer à temps les bourreaux d'enfants«. Die Veröffentlichung von 1958 enthielt ein zusätzliches Kapitel, ›Le Duel‹, in dem sie ihres

Onkels Max Scheler gedachte. Das Buch erhielt 1960 den ›Prix de la Société des Gens de Lettres‹, Paris.

Nachdem sie 1960 im Luchterhand Verlag, Neuwied/Berlin, die erste deutsche Auswahlausgabe des Gesamtwerkes von Ivan Goll herausgegeben hatte, konnte Claire Goll wieder an ihre eigenen Arbeiten denken. Sie bot dem Paul List Verlag, München, die französische Fassung des ›Ciel Volé‹ als Roman an und beschrieb ihn mit den Worten: »Die Geschichte spielt sich in München ab, woselbst ich erzogen wurde.« (Brief vom 7. 5. 1960.) Festzustellen ist, daß Claire Goll auch dieses Mal das Buch nicht als Autobiographie, sondern weiterhin als Roman anbot. Später bezeichnete sie es auch als Erzählung. Es scheint daher ganz belanglos, etwa die Lebensdaten ihrer Eltern anzugeben oder den wirklichen Namen jener Oranie, die ihr tatsächlich ein Leben lang die Treue hielt, die Claire Goll nach dem Zweiten Weltkrieg wiederfand und die sie für ihre Hilfe in schweren Kindertagen fürstlich belohnte. Noch 1960 unterzeichnete sie den Vertrag mit dem List Verlag über die deutsche Ausgabe des Romans ›Le Ciel Volé‹. Als deutschen Titel schlug sie zunächst ›Das gestohlene Paradies‹ vor, später entschied sie sich für ›Die gestohlene Kindheit‹.

Den Roman selbst zu übersetzen lehnte Claire Goll zunächst ab: »Ich lebe seit 1919 in Paris. Nur durch einen achtjährigen Aufenthalt in New York unterbrochen, ist natürlich die französische Denkweise ein wenig die meine geworden«, schrieb sie an den Verlag. Dieser beauftragte einen namhaften deutschen Schriftsteller mit der Übersetzung, die dieser hoffnungsvoll begann – aber nicht mit der Autorin Claire Goll gerechnet hatte. Wenige Monate vor der geplanten Auslieferung des als Taschenbuch geplanten Romans begann Claire Goll, die Übersetzung doch selbst herzustellen. Kurz zuvor war sie aus ihrem Zimmer 515 des Hotels Palais d'Orsay am Seineufer in eine eigene Wohnung im 7. Arrondissement gezogen. Der Zeitpunkt der Veröffentlichung verschob sich. Anfang 1962 bekannte Claire Goll: »Es schmerzt, diese meine Kindheitsgeschichte ein drittes Mal schreiben zu müssen: zuerst französisch, dann die Verdeutschung, schließlich die Reinschrift.«

Die »Verdeutschung« des 1962 erschienenen Romans war stellenweise zur Bavarisierung gediehen, mit Jodlern wie »Hoi-ria-di-a« und dem »Oberhoflatrinenreiniger« selig. Aus der literarischen Bewältigung herber Kindheitserlebnisse im Jahre 1941/42 schien 1961/62 die mundartliche Bewältigung des Verlustes der bayerischen Heimat geworden zu sein. Je mehr Claire Goll das bayerische Element betonte, desto stärker fiel der Kern des Romans in sich zusammen und verlor an Glaubwürdigkeit. Der List Verlag warb für das Buch mit den Worten: »Traum und Wirklichkeit – wie ein Fries von Chagall-Bildern«.

Apropos Glaubwürdigkeit: Eine neue Gefahr der Mißinterpretation wird auch die vorliegende, neu überarbeitete deutsche Fassung des ›Gestohlenen Himmel‹ nicht bannen können: die Gefahr, daß Claire Goll von der ihr nachwachsenden Generation aus der Romanfigur Clarisse heraus als ebensolche Klara Aischmann, geschiedene Klara Studer, verwitwete Klara Lang alias Claire Goll interpretiert und als hysterische, unversöhnliche, rachedurstige, frauenhassende Bestie, Megäre oder Femme fatale geliebt oder gehaßt werden wird. Die Autorin, die »Frau in der Literatur« Claire Goll, wird jetzt von einer Generation entdeckt, die sie nicht mehr persönlich kennengelernt hat. Ihr erschließt sie sich ausschließlich durch ihr Werk.

Diese Entwicklung mag unter rein literarischem Aspekt annehmbar sein. Sie setzt jedoch die ausschließliche Billigung des veröffentlichten Werkes in allen vorhandenen Sprachen durch die Autorin voraus. Das war bei Claire Goll gerade bei den Werken nicht der Fall, die hier wichtig sind: Als ›Der gestohlene Himmel‹ 1962 erschien, hatte Claire Goll das Buch bis zur letzten Umbruchkorrektur ›Die gestohlene Kindheit‹ genannt. Sie konnte sich nicht mehr wehren, als das Buch unter dem jetzt vorliegenden Titel auf den Markt kam, auf dem Außentitel als »Roman«, auf dem Innentitel als »Erzählung« bezeichnet.

Im Jahre 1976 erschienen in Paris ihre in Zusammenarbeit mit dem Journalisten Otto Hahn erarbeiteten Tonbandinterview-Erinnerungen unter dem Titel ›La Poursuite du Vent‹. Unmittelbar nach Beendigung der französischen Fassung ging Claire Goll daran, das Buch ins Deutsche zu übertragen. Es war inzwischen von ihrem Pariser Verleger Olivier Orban an den Scherz Verlag, Bern/München, verkauft worden. Noch am 21. Januar 1977, vier Monate vor ihrem Tod, schrieb Claire Goll an den Verleger: »Ich allein kann aus der ›Verfolgung des Windes‹ ein Kunstwerk machen, denn ich feile an jedem Wort.« Der Verlag hatte andere Absichten. Das Buch wurde erst 1978 unter dem vom Verlag bestimmten Titel ›Ich verzeihe keinem – eine literarische Chronique scandaleuse unserer Zeit‹ veröffentlicht. Diesen Titel hatte Claire Goll nie erfahren: Sie war am 30. Mai 1977 gestorben. Es war ihr letzter Kampf mit einem deutschsprachigen Verleger.

Es gilt daher, die Erinnerung an Claire Goll wachzuhalten, die gerade in den Jahren ihres hohen Alters herrliche Freundschaften, auch großartige Frauenfreundschaften, schließen konnte, die Menschen, immer wieder vorzugsweise junge Menschen, um sich zu scharen und sie zu faszinieren verstand, die gütig, herzlich, schwesterlich sein konnte. Die 54 Jahre lang bis zu ihrem eigenen Tod das Grab ihres 1923 verstorbenen Vaters pflegen ließ und es besuchte, wenn sie in München war. Noch leben viele, die sie mit ihrer Zartheit, bisweilen mit überwältigendem Humor beglückte – sei es in Marbach am Neckar oder in Saint-Dié, in Freiburg, Stauffen oder Hemmenhofen am Bodensee, in München, Jütland oder in Paris. Von allen Nachrufen, mit denen sie 1977 bedacht wurde, hätten Claire Goll die Worte ihrer langjährigen Concierge des Hauses in der Rue Vaneau – mit den 98 Stufen zu ihrer Wohnung im fünften Stock! –

am besten gefallen. Am 25. Juni 1977 schrieb Madame Fleury, die in einem ähnlichen Wandschrank-Zimmer lebte wie Mutter Schick, an mich: »... cela faisait à peu près six mois qu'elle ètait vraiment malade; mais jusqu'à épuisement, elle descendait tous les jours, dure avec elle-mème. La maison est devenu vide depuis son départ. Il est vrai que son grand age était là, mais elle a eu une fin heureuse.«*

Es ist an der Zeit, die Autorin und den Menschen Claire Goll wiederzufinden.

Barwies, im September 1987 *Barbara Glauert-Hesse*

---

* (»... sie war etwa sechs Monate lang sehr krank; aber bis zur Erschöpfung, hart mit sich selbst, kam sie jeden Tag herunter. Das Haus ist leer geworden seit ihrem Tode. Gewiß war ihr das hohe Alter eine Bürde, aber sie hat ein glückliches Ende gehabt.«)

Nachwort

Gebet Aller Mütter

Wehe, wohin rett ich dich, Kind
Vor dem unabwendbaren Mittag
Und den ernsten Dohlen der Dämmerung?

Noch sind die Sterne aus rotem Staniol,
Die Holzgiraffen stoßen an die Himmel,
Die Welt ist ein Märchen von Grimm ...
Aber manchmal schon in deinem Schlaf
Träumst du die Wirklichkeit,
Atmest Angst aus und Zweiuhrnacht.

Blondmeise,
In welch leidlose Gegend rett ich dich hin,
Wenn du fällst aus den Blüten der Früh,
Wenn dein Herz der Welt entgegenreift
Und dem kleinen Frauenschicksal?
Ich Mutter, wo rett ich dich hin?

Claire Goll: ›Lyrische Films‹. 1922. Basel, Rhein-Verlag, Leipzig

›Der gestohlene Himmel‹, noch zu Lebzeiten der Mutter geschrieben, die 1943 in Theresienstadt ermordet wurde*, ist die erste der drei Autobiographien Claire Golls.

Sie erschien in französischer Sprache unter dem Titel ›Education Barbare‹ 1942 im Verlag der Editions de la Maison Française, Inc., New York, und wurde 1958 – ebenfalls in Französisch – in der Librairie Arthème Fayard, Paris, unter dem Titel ›Le Ciel Volé‹ neu aufgelegt. Der Münchener List Verlag verlegte sie 1962 erstmals in deutscher Sprache.

1971 folgte ›Traumtänzerin. Jahre der Jugend‹, ebenfalls bei List. 1976 dann ›La poursuite du vent‹ bei Olivier Orban, Paris. Auf deutsch 1978 im Scherz Verlag, Bern und München, publiziert unter ›Ich verzeihe keinem. Eine literarische chronique scandaleuse unserer Zeit‹.

Die letztgenannte ihrer Autobiographien, die der Journalist Otto Hahn nach Tonbandaufnahmen mit ihr zusammenstellte, machte Claire Goll, in den 60er, frühen 70er Jahren als Dichterin vergessen, vielleicht als Muse und Gottesanbeterin des jüdisch-elsässischen Dichter/Deserteurs Yvan Goll (1891–1950) noch in Erinnerung, für den Augenblick unrühmlich populär. Die Feuilletons schrien auf. Denn sie sparte, ein brillanter Coup, der ihrer im Alter gewählten Rolle der schwarzen Witwe entsprach, nicht mit Häme, Wut und höhnisch bitterem Abgesang auf all jene, die sie begleitet hatten in ihrem Leben. Und das waren nicht eben wenige; vor allem Männer, die sie liebte, für die sie stolz auf die Knie ging und nicht selten lang hinschlug. Chamäleonartig, Häute und Kostüme rasch wechselnd. Kostüme, die sie allein sich erdachte auf ihrer Reise durch die Mitternacht.

Sich selbst jedoch treu, durch nichts und niemanden zu brechen. Auch nicht durch die Liebe, d. h. durch die *Idee* Liebe, die sie, ewig Kind und zerschunden, noch als Frau von der Furcht und jenen Bildern der Scham gequält, einsam er-

---

* Nach Auskunft des Deutschen Literaturarchivs Marbach ist im Konvolut »Wiedergutmachungs-Akten« im Nachlaß der Dichterin als Todesort der Mutter Theresienstadt genannt.

fand und die sie nie, so sehr sie später, erwachsen, auf Suche ging, einzulösen vermochte.

›Der gestohlene Himmel‹ ist ein Buch der Angst.

Es ist ein unerträgliches, schamloses Buch, das, fiktiv, ein Tabu bricht – das Tabu der Mutterliebe.

Mir ist keine andere deutschsprachige Dichterin der Moderne bekannt, die derart rücksichtslos gegen sich selbst mit der Lüge von der Mütterlichkeit, der Lüge von der immer dreist biologistisch diktierten, »natürlichen« Liebe zum eigenen Fleisch aufgeräumt hat.

Claire Goll war ein mißhandeltes, ja ein gefoltertes Kind. Ihre ersten zwanzig Jahre waren geprägt von Haß, Prügel und sadistischen Torturen, die, so sentimental sie in der Prägung Grimmscher Märchen erzählt werden – Passagen von unerhörter lyrischer Präzision wechseln mit Kolportage und eitler »Kindlichkeit« –, Spuren hinterließen.

In der Seele und im Körper. Spuren der Scham, der Stigmatisierung, der Angst.

Immer wieder Angst! Unbeschreibliche und nicht nachvollziehbare Angst des Nachts in den Träumen der Claire Goll und auch auf dem Papier.

Ihre Prosa, ihre Lyrik nicht, ist gezeichnet von der Verachtung auf jegliche weibliche Ich-Nennung, wie sie fern der patriarchalischen Zu- und Ein/Ordnung, Einengung und Kastration, subversiv und militant eine Utopie selbstbestimmten Lebens, zumindest gedanklich, möglich machen könnte (und möglich macht).

Es ist ein furchtloses Buch.

Ein Buch, das die Wahrheit ausspricht, und Sprache, Aus/Sprache heilt, Sprache ist ein erster Schritt Überleben – die versuchte Tötung eines Kindes.

Kind weiblichen Geschlechts. Das ist sicher kein Zufall. Denn der Gynozid, der Mord(-Versuch) eben aufgrund eines bestimmten, d. h. *weiblichen* Geschlechts, ist im Kopf der sich verachtenden, sich nicht mit Namen nennen könnenden, kastrierten Mutter, und solch eine Mutter war Malvine Aischmann, verankert.

Sie tötet, was sie haßt. Sie tötet sich, ihr Ich. Die Tochter ist ihr dabei nur Objekt.

Ein Prügel, an dem die Mutter Ohnmacht und Selbsthaß zwanghaft austobt, unerbittlich, scheinbar willkürlich, doch in ihrer Willkür logisch.

Hier aber hatte das Kind überlebt. »Warum hätte ich diese perverse Person, die meine Mutter war, lieben sollen?« fragte sie in ›Ich verzeihe keinem‹. »Einzig der Tatsache wegen, daß ich aus ihrem Bauch gekommen bin? ... Hätte sie mir zwanzig glückliche Jahre geschenkt, so würde ich anders reden. Aber sie hat meinen Bruder umgebracht und meine Jugend gemordet. Durch sie bin ich überempfindlich geworden. Seitdem habe ich jedesmal, wenn ich glücklich bin, Angst, dafür bestraft zu werden. Sogar in meinen Träumen lauert hinter jeder Freude die Furcht vor Züchtigung.«

Klara Aischmann, am 29. 10. 1890 als zweites Kind der aus reicher jüdischer Bankiersfamilie stammenden Malvine Aischmann in Nürnberg geboren, wuchs zusammen mit ihrem um fünf Jahre älteren Bruder Justus in großbürgerlichem Münchener Haus auf.

Ihr Vater, Joseph Aischmann, war Unternehmer und amtierender argentinischer Konsul. Ein blasser, eher furchtsamer, ignoranter Mensch, der sich stets auf der Flucht befand vor Frau und Kindern. Für nichts zuständig, taub und mitleidslos. Allenfalls dem Sohn war er vage zugetan.

Die Tochter verachtete ihn. Vielleicht erklärt das ihren Wunsch, illegitimes Kind eines Liebhabers der Mutter zu sein, dem sie, will man ihr glauben, ein einziges Mal begegnete. Bewiesen ist es nicht.

Fantasie? Claire Goll war ein Feuerwerk exzentrischer Wünsche, Traumtänzereien und Begierden, und »Wahrheit« hatte immer ein Katz- ein Doppelgesicht für sie.

Wahrheit, im Sinne von Authentizität, existierte nicht. Das ist zu respektieren. Sie war eine Dichterin und trug früh die Haut der Sirene.

Mit dem Tag der Geburt – ein Martyrium. Opfer der Mutter auch der Bruder Justus, der sich sechzehnjährig das Leben nahm. *Soviel Kinder, soviel Feinde!* lautete der Erziehungsspruch. In ›Traumtänzerin. Jahre der Jugend‹ notierte sie: »Vor Mama mußte auch mein Gesicht =stramm= stehen. Meine Züge hatten denselben Respekt auszudrücken, den der Soldat vor dem Vorgesetzten mimt.«

Drill, die totale Unterwerfung und somit gezielte Tötung des Lebendigen, der Neugier, des Erkennens im jungen Menschen geschah hinter der Fassade luxuriöser, bürgerlicher Wohlanständigkeit. Nach außen war man bei Aischmanns »modern«. Man hielt auf sich. Was jedoch in den Zimmern geschah, war Preußen privat, Prügel, Folter, täglicher Krieg.

Der Bruder Justus, ebenso mißhandelt wie seine Schwester, geriet ihr im späteren Leben und Schreiben zur Ikone.

Ein sensibler, altkluger Junge, in seiner Altklugheit seltsam blutleer und verschroben charakterisiert, war eine mythische, inzestiöse Figur. Ihm fühlte sich die Schwester symbiotisch verbunden – eine Symbiose, wie sie die Frau Claire Goll mit jenem von ihr wiederum zum Bruder/Geliebten und asketischen Heiligen stilisierten Yvan Goll eingehen würde. Sie liebte ihren Bruder abgöttisch, ohne Kritik.

Justus wurde tatsächlich ein Opfer. Er steckte den Kopf in den Gasofen.

Der Versuch der Schwester, die Mutter zu töten, endete, wenn eine Tötung überhaupt je versucht wurde, in Agonie. Die klassische Tragödie! Muttermord. Wir lesen es nicht ohne ein Lächeln.

Ein absolut schauriges, burleskes Spektakel, das an Hintertreppe erinnert. Aber die lag vis-à-vis zum Herrschaftsaufgang. *Betreten verboten.* Claire Goll hat sich, was ihre Prosa betrifft, nie so recht entscheiden können, welche Treppe hinauf, und, vor allem, wie wieder hinab! Sie hatte, ihre Romane aus den späten 20er Jahren zeigen es, einen fatalen Hang zur Küche, Schmiere inklusive.

Ihre Rettung war der Haß. Abgrundtiefer, nie endender Haß; sie widerstand.

Der Mutter gelang es nicht, die Tochter zu zerstören.

Malvine Aischmann, geborene Fürther (2. 3. 1865 in München), war, so bezeugt es Claire Goll, aber das ist ein Vabanque und nicht zu rekonstruieren, ein wirklicher Teufel.

Die Fantasie ihrer Tochter erkor sie zum Schrecken: eine beinahe archaisch grausame Figur. Sicher war sie eine Sadistin. Zutiefst unglücklich, sie litt an Angst-, Wahn- und Putzzwängen, quälte und zerschlug sie alles Lebendige um sich herum. »Unser Haus glich einem Irrenhaus – auf deutsche Art.« Und an anderer Stelle skizzierte Claire Goll in ›Ich verzeihe keinem‹ bitter. »Sie (die Mutter) litt nicht, daß man sie berührte; sie fürchtete, unsere Hände könnten ihren Rock zerknittern, ihr Mieder beschmutzen, ihr Haar zerzausen, das ihre Zofe vor dem Ausgehen über eine Stunde lang gebürstet und frisiert hatte. Es war fast, als sei ihr Körper ein feindliches Element, das sie unter Bändern und Masken bezwang und tarnte. Dennoch war sie sehr schön, und momentweise habe ich sie geliebt.

Sie argwöhnte in allem eine Bedrohung ihrer Person, ihres Rufes, ihres Portemonnaies. Im Luxus lebend, geriet sie außer sich und stieß gellende Schreie aus, wenn sie in einem Zimmer das elektrische Licht nicht abgeschaltet fand.«

Zu parasitärer Kostümierung, zu lebenslanger Lüge und einer Ehe mit einem ungeliebten, von ihr verabscheuten Mann verurteilt, tobte Malvine Aischmann als im Grunde hilfloser Dämon. Anstatt in Depression, Sucht oder Suizid zu enden, was bei Frauen ihrer Art die Regel war und ist, trat sie ihrerseits, die Kinder.

Zu feige, mag sein zu dumm, zu faul, sich einen Ausweg aus ihrem bourgeoisen Ehe-Elend zu suchen, das ihr materielle Sicherheit, das Gefühl des Luxus gab – und sie hat gewiß nie einen Gedanken an frauenrechtlerische Bestrebungen verschwendet! –, lud sie die erlittene Gewalt dort ab, wo eine Gegenwehr nicht zu erwarten war.

Bevorzugt malträtierte sie aber die Tochter.

Es waren nicht allein die unausgesetzten Prügel, die Zärtlichkeit und Begehren im Kind in Haß und masochistische Verzückung pervertierten. Es war vor allem die unaufhörliche, mit irrsiniger Akribie betriebene sexuelle Demütigung, die vergewaltigte.

Malvine Aischmanns Dressur erzielte ein Bewußtsein absoluter Minderwertigkeit. Denn die so früh erlebte Strafe war auch früh erfahrene Lust.

Die ritualisierte Tötung des Körpers zwang die Tochter, Sexualität gewalttätig zu erleben und Demütigung als dem Liebesakt adäquat zu begreifen.

Die Folgen waren Scham und Freude an Erniedrigung.

Für das Kind Klara war die sich ihr nur in wechselnden Verkleidungen darbietende Mutter einzig wahrnehmbar als Chiffre, als Kostüm. Die Mutter schien ihr wie ein Tier, dessen Körper zum Fetisch degradiert war.

Diesen Fetisch Frau verfolgte Claire Goll in all ihren Romanen, Novellen und Erzählungen unerbittlich. Die Frau der Goll, wie sie in den Romanen ›Der Neger Jupiter raubt Europa‹ (1926), ›Eine Deutsche in Paris‹ (1927), ›Ein Mensch ertrinkt‹ (1931) und ›Arsenik‹ (1933) auftritt, ist immer jener archaische Typus. Verabscheuungswürdiges Nichts, blöd, geil und dumpf, reduziert auf ihren Uterus, das konsequent im Tod, im Verlust ihrer selbst, in Mord- oder Selbstmord endet.

Wie sehr Claire Goll an ihrer Mutter noch über deren furchtbaren Tod hinaus litt, zeigt die hier zitierte Begegnung. Im Mai 1987 hielt ich anläßlich ihres zehnten Todestages in einer interdisziplinären Forschungs- und Vortragsreihe des Frauenreferates der Universität Erlangen Lesung und Vortrag über sie. Nach der Diskussion sprach mich eine der Zuhörerinnen an und schilderte mir eine sehr beeindruckende Szene.

Einen Nachmittag in privatem Kreis. Im Mittelpunkt die schöne, überaus faszinierende alte Frau Claire Goll – es mag ein paar Jahre vor ihrem Tod gewesen sein – in Begleitung eines jungen Geliebten.

Ihr Thema an jenem Nachmittag war ihre Mutter. Lebendig stand sie im Zimmer. Die Erzählmagie Claire Golls übte eine wohl körperlich spürbare Suggestion aus – Furcht.

Wieder die Namensnennung. Aus/Sprache heilt.

Es scheint, als habe sie sich nur retten können, indem sie die Angst ihrer frühen Jahre mit Hilfe dieses makabren Exorzismus bannte.

Der Tod des Bruders beendete die Kindheit. »Meine Mutter zeigte keinerlei Gemütsbewegung, außer wegen der Gasrechnung.« Agonie, verzweifelter Haß. Und dennoch eine erste Liebe, Glück (im Unglück). Ihr begegnete die Reformpädagogin Julie Reisinger-Kerschensteiner, in deren privates Mädcheninstitut die Mutter sie nach dem Suizid des Bruders gab.

Eine Frau, die sie Fantasie, Menschlichkeit und Sprache lehrte.

Die Mutter ließ nicht ab von ihr.

Ihr zu entkommen war das Ziel. Der Schweizer Jurastudent und (spätere) Verleger Heinrich Studer betrat die Szenerie. Klara Aischmann heiratete ihn 1911. Die gemeinsame Tochter Dorothea Elisabeth wurde 1912 geboren.

Die Ehe mit Studer dauerte fünf Jahre. Krakeel, Prügel, Betrug. 1917 verließ sie Mann und Kind, ging nach Zürich. Dorothea Elisabeth blieb ihr zeitlebens fremd, und es scheint, doch das ist Vermutung, keinerlei Nähe oder Freundschaft zwischen beiden in späteren Jahren gegeben zu haben. Über Leben und Werdegang der Tochter ist nichts in Erfahrung zu bringen.

Auf/Brüche. Immatrikulation in Genf in Medizin (vielleicht) und Freundschaft mit der Schauspielerin Elisabeth Bergner. Das dritte Kriegsjahr. »Es fällt mir schwer«, berichtete sie in ›Ich verzeihe keinem‹, »meinen damaligen Gemütszustand zu beschreiben. Als junge Geschiedene hatte ich weder Verpflichtungen noch Haushaltssorgen. Ich kam mir überaus erfahren und gereift vor, und in mancher Hinsicht war ich es auch. Durch die Schule meiner Mutter, besser gesagt das Zuchthaus, hatte ich gelernt, mich nicht unterkriegen zu lassen, die widerwärtige Mentalität der satten Bourgeoisie abzulehnen ... Es war also kein ahnungsloses, flatterhaftes, von chaotischen Zeitläufen umhergestoßenes Wesen, das in Zürich aus dem Zug stieg, auch wenn ich bei weitem noch nicht den wichtigen Begriff der Existenz, die Beständigkeit, erkannt hatte.« Im Kreis französischer und deutscher Kriegswiderständler und Deserteure begann sie zu schreiben und zu agitieren. Ihrem anfänglichen eher koketten Lippenbekenntnis zum Pazifismus folgte das pazifistische, journalistische und schriftstellerische Engagement.

Sie wurde Mitarbeiterin bei Franz Pfemferts ›Aktion‹ und bei zwei in der Schweiz erscheinenden Antikriegszeitungen, der ›National-Zeitung‹ und der ›Freien Zeitung‹.

1918 erschien ihr erster Lyrikband, ›Mitwelt‹, bei Pfemfert. Im gleichen Jahr ein Band mit pazifistischen Novellen, ›Die Frauen erwachen‹, im Verlag Huber, Frauenfeld(-Leipzig), beide noch unter Claire Studer. 1919 folgte ›Der gläserne Garten. Zwei Novellen‹ im Roland-Verlag Albert Mundt, München, und 1922 dann ›Lyrische Films‹, Rhein-Verlag, Basel/Leipzig.

Im Frühjahr 1917 traf sie in Genf Iwan Goll.

Die Passion ihres Lebens, ein Russisch Roulette. Sie erklärten einander zur Legende und inszenierten den Mythos unerschütterlich liebenden Paar, jeder Teil Herzstück des anderen.

Am Freitag, 19. Oktober '17, schrieb Claire Studer in ihr Tagebuch:*

»Heute Abend 7 Uhr heirateten Liane u. Iwan.

Liane schwor Iwan Folgendes:
Ich schwöre Dir Dich nie zu verlassen; denn ich würde mich damit selbst verlassen.

Ich schwöre Treue; denn nur so kann ich mir selber treu bleiben. Ich will Dich jeden Tag tiefer erkennen um Dich mehr lieben zu können; hilf mir deshalb jede Stunde mich selbst zu erkennen. Ich will immer neben Dir gehen, ganz gleich, wie Dein Weg sein wird; denn ich glaube an Dich u. Deine Liebe.

Ewig (nicht im Sinn der Menschen; denn das ist zu kurz.)«

Yvan, ihre Gebetsformel! Sie hielt lebenslang daran, besser: Sie hielt durch, die »Ismen« ihrer Zeit wie Löcher im Strumpf, tapfer, und Yvan treu trotz aller Affären, die beide, unter Kuratel der jeweiligen Bohème, der sie sich zugehörig fühlten, mord- und rachsüchtig mit- und gegeneinander verübten.

Er verriet sie, was sie aber wohl nie wirklich übelnahm, denn sie verließ ihn nie. »Mein ... Kind ist Claire selbst, der ich Amme, Vater, Mann und Bruder bin«, schrieb Yvan Goll 1919 in einem Brief an Walter Rheiner. Der Bruder/Geliebte hatte auch die Mutter zu ersetzen, was ihre an Manie und Hörigkeit grenzende Liebe zu ihm in Jahren großen Unglücks, grausamster Kränkung erklärt.

1919 siedelten sie nach Paris über, wo sie bis zur Emigration im August 1939 via Kuba in die USA blieben.

---

* Das Zitat stammt aus Claire Goll/Yvan Goll. ›Meiner Seele Töne. Das literarische Dokument eines Lebens zwischen Kunst und Liebe.‹ Knaur Tb 1981. S. 24

Claire Golls Lebensentwurf – die Femme fragile.

Scharfzüngig war sie, mit Tränen gewaschen, wie sie einmal (sinngemäß) bemerkte, und beileibe keine Süße. Ihre Schärfe war gefürchtet.

Sie war stets *Idee* und exzentrisches Subjekt ihrer eigenen Tragikomödien und Sehnsüchte. Unter Golls Treuebrüchen litt sie sehr. Ihre Eifersucht war entsetzlich, sie war oft krank, rieb sich wund an ihrer Hellhörigkeit, jenen Stimmen in sich und Gesichten, ihrem mütterlichen Erbe, das in sie geprügelt worden war.

Als Yvan Goll 1950 starb, fiel sie wie beim Tod des Bruders in Agonie. Dennoch überlebte sie, ging, unglaublich zäh, an die Ordnung seines Nachlasses, den sie ihrer Liebesidee gemäß das-Wort-bin-*ich*! frisierte, um so die österreichische Lyrikerin Paula Ludwig (1900–1974), zeitweilige Gefährtin Yvan Golls, mit der ihn eine achtjährige Liebe verband und die sie in ›Arsenik‹ umbrachte, aus der Erinnerung zu streichen. Akkuratesse! Was sie tat, tat sie gründlich.

Nun war sie die schwarze Witwe.

Ihre letzten Jahre. Paris. Sie war einsam, voller Mißtrauen. Die Freunde starben, sie blieb zurück. Klein, zart, mit roter Perücke, einer Brille, die das so eigenwillige, nun bittere, schöne Gesicht schier erdrückte.

Ein junger Geliebter begleitete sie, man zerriß sich das Maul. Die aus der Reihe tritt, wird in die Reihe zurückgeschossen. Das ist Gesetz im Patriarchat.

Daß sie sich ein Recht nahm, was sie für Recht erachtete, und ihr Begehren nie verleugnete, hat man ihr nicht verziehen. Eine alte Frau gilt als Dreck. Und diejenige, die daherkommt und im Alter Liebe erklärt, kann gleich nach dem Friedhof spazieren. Und das Gelächter geht hinter ihr.

Claire Goll ist zu entdecken.

Aber die Entdeckung schmerzt. Denn die Vehemenz ihres Liebesbegehrens, ihr Haß und ihre Unversöhnlichkeit dem eigenen Geschlecht gegenüber, das sie des Verrats bezichtigte, ohne Rücksicht, ohne Scham, ist kaum zu ertragen.

Sie *ist* unerträglich. Warum – um dies zu begreifen, müssen wir uns ihr zärtlich nähern. Schlagen nützt nicht.

1917, 27jährig, schrieb sie in einem ihrer flammend pazifistischen Aufrufe im ›Zeit-Echo‹ an die Adresse ihrer Schwestern: »Wir Talentlosen, wir kleinen Statistinnen, die wir nie mitspielen durften auf der Bühne der Welt! Wann werden wir endlich nicht mehr Chor sein, der klagt, sondern einzeln auftreten im Leben? Wie lange wollen wir uns noch zurückdrängen lassen von den eitlen, brutalen Mimen der Gewalt? Wo bleibt *unsere* Revolution? Wann werden wir die ersten Fenster der Tyrannei einwerfen mit den steinernen Worten der Selbstbefreiung und Menschwerdung? Wir, die wir mit unsicherer Märtyrerinnenpose uns selber in der Welt, die wir aus uns aufgebaut haben, unseren Söhnen, zerstören ließen! Der Begriff vom Wert des einzelnen, von uns selbst, ist uns noch gar nicht gekommen.

Jede einzelne darf nicht länger die Geliebte des Mannes, sie muß die Geliebte der Menschheit, der Welt sein.«

Claire Goll starb am 30. Mai 1977 in Paris.

Marburg, August 1987 *Anna Rheinsberg*

Weitere Titel aus der Reihe
›Die Frau in der Literatur‹

VITA SACKVILLE-WEST
Eine Frau von vierzig Jahren
Mit einem Nachwort von
Ingrid von Rosenberg
Ullstein Buch 30180

C. F. RAMUZ
Die Schönheit auf der Erde
Mit einem Nachwort von
Hanno Helbling
Ullstein Buch 30181

SIGRID UNDSET
Jenny
Mit einem Nachwort von
Annie Carlsson
Ullstein Buch 30182

JOSEPH VON EICHENDORFF
Das Marmorbild
Erzählungen und Gedichte
Mit einem Nachwort von
Willi Winkler
Ullstein Buch 30183

MARÍA LUISA BOMBAL
Die neuen Inseln
Erzählungen
Mit einem Nachwort von
Thomas Brons
Ullstein Buch 30184

I. GREKOWA
Der Witwendampfer
Mit einem Nachwort von
Helen von Ssachno
Ullstein Buch 30185

Marthe
Briefroman
Mit einem Nachwort von
Bernard de Fréminville
Ullstein Buch 30186

JULIEN GREEN
Adrienne Mesurat
Mit einem Nachwort von
Julien Green
Ullstein Buch 30187

SUSANNE LEDANFF (Hrsg.)
Charlotte Stieglitz
Geschichte eines Denkmals
Mit einem Nachwort von
Susanne Ledanff
Ullstein Buch 30188

MARTIN ANDERSEN-NEXØ
Ditte Menschenkind
Mit einem Nachwort von
May Nexø-Hahn
Ullstein Buch 30189

ALBERTINE SARRAZIN
Kassiber
Mit einem Nachwort von
Werner Bökenkamp
Ullstein Buch 30190

HALDÓR LAXNESS
Salka Valka
Mit einem Nachwort von
Anni Carlsson
Ullstein Buch 30191

MYRIAM WARNER-VIEYRA
Juletane
Mit einem Nachwort von
Irmgard Rathke
Ullstein Buch 30192

JEAN RHYS
Lächeln bitte!
Unvollendete Erinnerungen
Mit einem Nachwort von
Diana Athill
Ullstein Buch 30193

VICTOR MARGUERITTE
Dein Körper gehört dir
Mit einem Nachwort von
Karin Petersen
Ullstein Buch 30194

CYPRIAN EKWENSI
Jagua Nana
Mit einem Nachwort von
Willfried F. Feuser
Ullstein Buch 30195

CÉCILE INES LOOS
Der Tod und das Püppchen
Mit einem Nachwort von
Charles Linsmayer
Ullstein Buch 30196

GIUSEPPE MAROTTA
Frauen in Mailand
Mit einem Nachwort von
Klaus Antes
Ullstein Buch 30197

CAROLA HANSSON/
KARIN LIDEN
Unerlaubte Gespräche mit Moskauer Frauen
Mit einem Nachwort
der Autorinnen
Ullstein Buch 30198

LOU ANDREAS-SALOMÉ
Das Haus
Mit einem Nachwort von
Sabina Streiter
Ullstein Buch 30199

WILLA CATHER
Meine Antonia
Mit einem Nachwort von
Frank Dietschreit
Ullstein Buch 30200

CHARLOTTE BRONTË
Villette
Mit einem Nachwort von
Sabrina Hausdörfer
Ullstein Buch 30201

VIOLET TREFUSIS
Ringlein, Ringlein, du mußt wandern
Mit einem Nachwort von
Ingrid von Rosenberg
Ullstein Buch 30202

VERENA WYSS
Versiegelte Zeit
Mit einem Nachwort von
Klara Obermüller
Ullstein Buch 30203

HENRI GUILLEMIN
ADÈLE
Die Königstochter
Victor Hugos
Mit einem Nachwort von
Bettina Klingler
Ullstein Buch 30204

GERTRUD FUSSENEGGER
Ein Spiegelbild mit Feuersäule
Mit einem Nachwort von
Werner Ross
Ullstein Buch 30205

CLAIRE GOLL
Der gestohlene Himmel
Mit einem Nachwort von
Anna Rheinsberg
Ullstein Buch 30206

MARGARET ATWOOD
Die Unmöglichkeit der Nähe
Mit einem Nachwort von
Helga Pfetsch
Ullstein Buch 30207

UNICA ZÜRN
Das Weisse mit dem roten Punkt
Texte und Zeichnungen
Mit einem Nachwort von
Inge Morgenroth
Ullstein Buch 30208

DIANA VIC
Flüstern im Galil
Mit einem Nachwort von
Ernst Geipel
Ullstein Buch 30209

LEONOR FINI
Rogomelec
Selbstporträt
Pseudonyme
Ullstein Buch 30210

ANONYMUS
Bekennntnisse einer Giftmischerin
Mit einem Nachwort von
Frank Dietschreit
Ullstein Buch 30211

Wir schicken Ihnen gerne ausführliche Informationen über alle lieferbaren Titel in der Reihe ›Die Frau in der Literatur‹. Postkarte genügt:
Ullstein Taschenbuchverlag, ›Die Frau in der Literatur‹,
Lindenstraße 76, 1000 Berlin 61.